KB078385

# 초인의 게임 6

니콜로 장편소설

초판 1쇄 찍은 날 § 2019년  2월 26일
초판 1쇄 펴낸 날 § 2019년  3월  5일

지은이 § 니콜로
펴낸이 § 서경석

총괄팀장 § 최하나
편집책임 § 김경민

펴낸곳 § 도서출판 청어람
등록번호 § 제387-1999-000006호
등록일자 § 1999. 5. 31
어람번호 § 제1-3007호

주소 § 경기도 부천시 부일로 483번길 40 서경B/D 3F (우) 14640
전화 § 032-656-4452  팩스 § 032-656-4453
http://www.chungeoram.com
E-mail § chungeorambook@daum.net

ISBN 979-11-04-91951-0 04810
ISBN 979-11-04-91846-9 (세트)

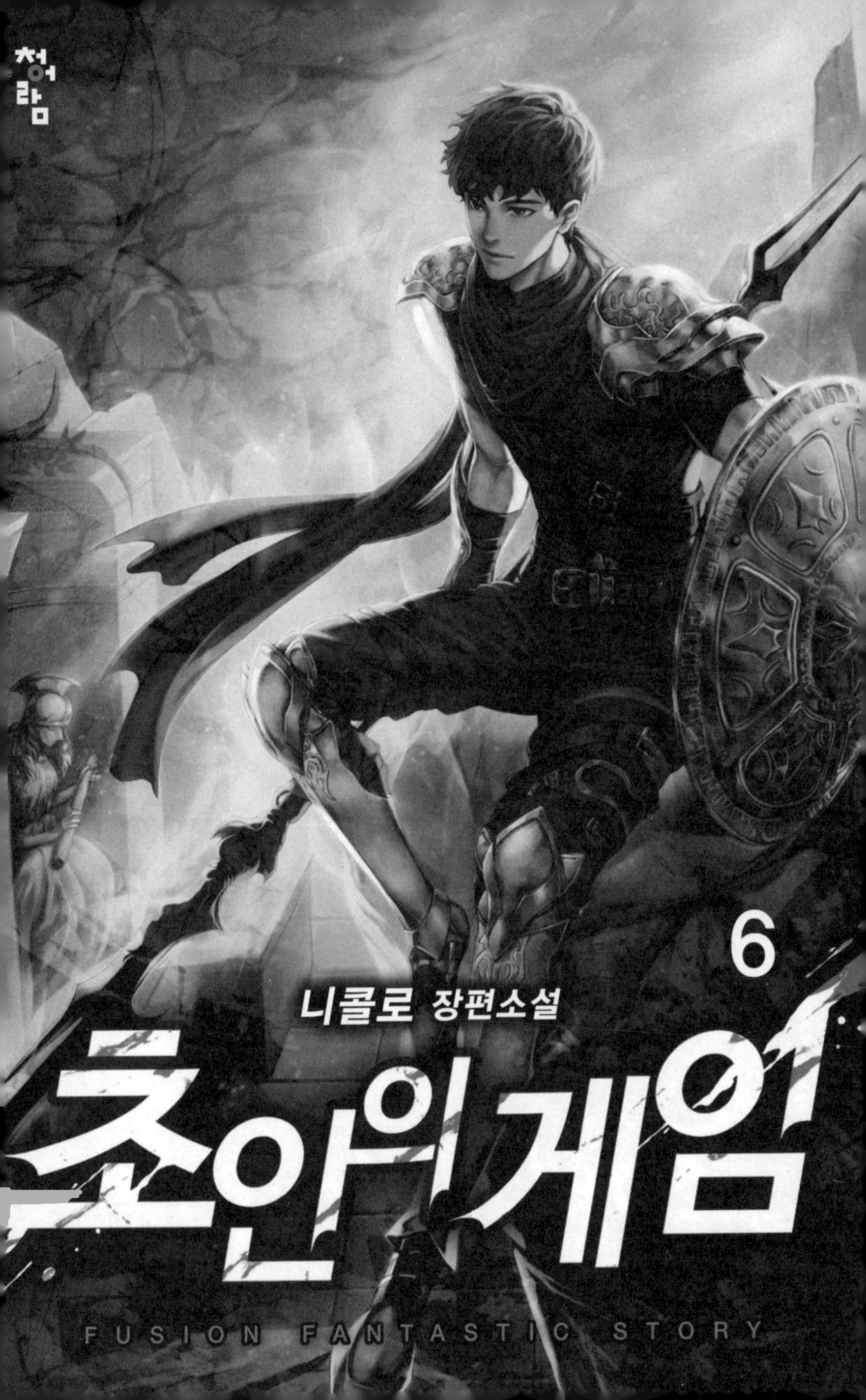
청어람
6
니콜로 장편소설
초인의 게임
FUSION FANTASTIC STORY

초안의 게임

# ◈ Contents ◈

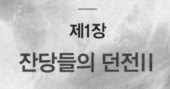

**제1장**

**잔당들의 던전II**

첫 번째 상급 사제의 은신처로 추정되는 곳에 왔더니, 제단 앞에 떡하니 모셔진 머리 8개와 팔 10개를 가진 거대한 괴물이 있다?

아무리 봐도 만인룡 황제가 말한 괴물이 연상될 수밖에 없었다.

"세르펜은 내 통치 때 만들어진 신종 괴물이다. 저 괴물은 세르펜을 베이스로 개조됐으니 황제가 말한 까마득한 고대의 괴물과는 연관성이 없다."

피에트로가 계속 말했다.

"차라리 지상 재침공을 위한 비밀 병기로 준비 중이었다는 편이 낫겠군."

"첫 번째는 그 고대의 괴물을 이곳에 불러들이는 게 목적이 잖아. 왜 해야 할 일은 뒷전이고 저딴 괴물 개조에 몰두하겠 어?"

"그게 이상하다는 거다."

"근데 왜 아무도 안 보이는 거야?"

"중간 지점에 설치해 둔 함정이 파괴된 걸 알아차렸을 것이 다. 그 정도 알람은 해뒀겠지."

서문엽은 외벽에 뚫려 있는 수많은 동굴을 둘러보았다. 아 마 저곳에서 지저인과 괴물들이 쏟아져 나올 터였다.

'단둘뿐인 걸 확인했을 텐데 아직 안 나와? 이거 상당히 경 계하는 눈치인데.'

상급 사제 하나가 죽었고, 이곳을 올 때 거치는 중간 지점 에도 침입자가 발생했다.

이만하면 그들도 누군가가 자기들을 노리고 있다는 것 정 도는 알고 있을 것이다.

'세뇌했던 피에트로 아넬라에게서 나에 대한 이야기를 들었 을 테고. 내가 여왕의 초대를 받았다는 것도 알겠지.'

그래서 서문엽을 죽일 함정을 팠지만 실패했고, 오히려 함 정을 꾸몄던 세 번째 상급 사제가 연락 두절됐다.

즉.

'상대가 나라는 것은 녀석들도 알고 있다는 뜻이지.'

지저 문명을 몰락시킨 서문엽이었다. 그가 여왕과 손잡고 자신들을 노리고 있으니, 이 정도 경계심은 어찌 보면 당연했다.

"우리가 중앙으로 나오면 사방에서 덮칠 생각인가 본데."

"그런 것 같군."

"뜻대로 따라주긴 싫으니까 일단은 놈들이 먼저 나오게 하자."

서문엽은 던지기에 증폭을 걸었다.

그리고 들고 있던 창 한 자루를 대뜸 던졌다.

슈욱!!

쏜살같이 날아간 창이 한 동굴 속으로 쏙 들어갔다.

이윽고.

끼이이이익!

괴이한 비명 소리가 울려 퍼졌다.

던졌던 창은 다시 서문엽의 손에 되돌아왔다.

"살러분이네."

소리만 들어도 서문엽은 쉽사리 정체를 알 수 있었다.

아니나 다를까.

그 동굴 속에서 오러로 이루어진 가오리처럼 생긴 괴물, 살러분들이 무더기로 쏟아져 나왔다. 서문엽이 던진 창 때문에 자극받은 것이었다.

'기다렸다가 특정 신호를 주면 공격하라는 명령을 받았겠지

만, 원래 괴물이 그렇게 잘 통제되지는 않지.'

간단한 지시를 따르기는 하지만 기본적으로 괴물들은 본능을 잘 참지 못한다.

"넌 대기해."

서문엽은 피에트로에게 말해놓고는 홀로 앞으로 나섰다.

파앗! 팟! 팟!

끼이익……!

끼익!

창에 꿰뚫릴 때마다 살러분들이 희미한 비명을 남기며 흩어져 버렸다.

서문엽은 찌르기를 고속으로 펼치며 살러분을 무더기로 처치했다.

그때였다.

삐이익!

호각 소리와 같은 날카로운 신호음이 울려 퍼졌다.

성이 나서 서문엽에게 덤볐던 살러분들이 방향을 돌려 일제히 위로 솟아올랐다.

신전의 천장을 온통 뒤덮은 살러분들.

그리고 낮은 곳에 위치한 동굴들에서 아라크네들이 기어나왔다.

그뿐만이 아니었다.

"키아아악!"

다 성장한 자드룬 세 마리가 동굴 안에서부터 굵은 줄기를 드러냈다.

그뿐만이 아니었다.

다른 동굴들에서 중무장한 스켈레톤들까지 나왔다.

"용케 이렇게까지 모았군."

피에트로가 중얼거렸다.

몰락해서 숨은 잔당들치고는 괴물들을 상당히 많이 동원했다.

엄청난 숫자의 괴물 군단과 마주하니 서문엽의 표정도 변했다.

"이거 꽤 많은데?"

숫자도 숫자지만 괴물들이 종류별로 다양하다는 게 또 쉽지 않았다.

그때였다.

맨 위쪽의 동굴들에서 지저인들이 나왔다.

공중을 날고 있는 지저인들은 하나같이 사제복을 입고 있었다.

서문엽은 그들을 분석안으로 살폈다.

그랬더니 가장 눈에 띄는 지저인 두 명이 보였다.

―대상: 상급 사제(지저인)

―근력 37/37

—민첩성 66/75

—속도 60/60

—지구력 51/51

—정신력 82/82

—기술 84/84

—오러 184/184

—초능력: 생체 조작, 백연


—생체 조작: 생명체의 유전 정보를 조작하는 데 소모되는 오러 양이 대폭 줄어든다.

—백연: 오러를 하얀 독 안개로 바꿔서 적의 시야를 가리고 중독시킨다.


생명체를 조작해 괴물을 만드는 데 특화된 상급 사제였다.

거기다가 독 안개로 다수의 적을 살육하는 데 특화된 초능력도 있었다. 하지만 다행히 지금은 괴물들도 함께 죽을 수 있으니 독 안개를 펼치지 못할 터였다.

상급 사제답게 오러양은 184.

푸른색—보라색—붉은색—검은색—하얀색 중 최상위 등급에 해당되는 흰빛에 휩싸여 있었다.

하지만 그보다 훨씬 더 대단한 지저인이 있었다.

—대상: 타락한 대사제(지저인)

—근력 95/95

—민첩성 93/93

—속도 82/82

—지구력 89/89

—정신력 31/100

—기술 82/82

—오러 245/188

—초능력: 추종, 서약, 전사의 기억


—추종: 먼 시공 너머에 있는 어떤 존재와 감응한다.

—서약: 먼 시공 너머에 있는 어떤 존재에게 영혼을 저당 잡힌 충성을 맹세하고, 대가로 한계를 뛰어넘은 오러를 얻는다.

—전사의 기억: 실제로 본 적이 있었던 전사의 무예를 똑같이 재현한다.


"허……."

서문엽은 기가 막혔다.

지저인은 이름이 없고, 자신이 맡은 역할을 호칭으로 삼는다.

역할이 바뀌면 호칭도 바뀐다.

그래서일까.

분명 과거에는 첫 번째 상급 사제로 불렸을 저 지저인은 이제 타락한 대사제라는 새 이름을 가지고 있었다.

능력치도 범상치 않았다.

근력, 민첩성, 속도, 지구력이 모두 높았다. 육체를 잘 안 쓰는 다른 지저인들과 전혀 다른 무투파의 모습이었다.

더 압권인 것은 오러 수치였다.

—오러 245/188

자신의 한계인 188을 뛰어넘은 245의 오러를 보유하고 있었다.

이는 최후의 던전에서 봤던 대사제의 오러양을 뛰어넘은 수치였다.

서약이라는 초능력 덕에 자기 한계를 뛰어넘은 힘을 얻은 것이다.

추종과 서약.

타락한 대사제가 가진 두 초능력은 모든 추측이 사실이었음을 알게 해주었다.

'먼 시공 너머에 있는 어떤 존재라니. 이거 만인릉 황제가 말한 그 괴물이 맞잖아!'

내심 아니길 바랐지만 애석하게도 모든 추측이 맞아떨어졌다.

"첫 번째가 내가 알던 것보다 더 강해졌다. 짧은 시간에 저렇게 성장할 수 있던가?"

피에트로가 지저인들을 살피며 말했다.

최후의 던전이 무너지고서 약 19년이 흘렀지만, 지저인들에게는 짧은 시간이었다.

그사이에 엄청난 오러양을 갖게 됐으니 정상적인 경우가 아니었다.

서문엽이 말했다.

"여왕도 태초의 빛에게 선택받고서 오러가 성장했다고 했었지?"

"그렇다."

"쟤도 같은 경우야."

"태초의 빛의 선택을 받았을 리는 만무하고……."

좀처럼 감정이 드러나지 않는 피에트로의 표정이 딱딱하게 굳었다.

"고대의 괴물에게 선택받아서 저렇게 강해진 건가. 그건 그 괴물에게도 태초의 빛처럼 선택한 자에게 힘을 부여하는 능력이 있다는 뜻인데."

"그것도 아주 먼 곳에 있는데도 말이지."

"서문엽."

피에트로의 표정은 매우 어두웠다.

"왜?"

"반드시 첫 번째를 처치하고 문이 열리는 걸 저지해야 한다."

"그야 당연하지."

"그 괴물이 가진 영혼의 격이 태초의 빛을 흉내 낼 정도의 수준에 이르렀다. 그렇다면 본신의 힘은 어느 정도일지 예측조차 안 된다."

"쯧, 아무튼 저 자식은 그렇다 치고, 옆에 있는 다른 상급 사제는 누구야?"

"다섯째다. 괴물을 만드는 재주가 탁월했지. 저 거대한 신종 괴물을 만드는 일을 맡은 사람이 다섯째였나 보군."

양측은 아직 싸우지 않고 서로를 응시하고 있을 뿐이었다.

그때였다.

타락한 대사제가 서문엽 일행에게 손짓했다.

서문엽은 손짓의 의미를 알아차렸다.

'뭐라고 말을 해보라는 뜻이군.'

그래야 그 말을 듣고 습득해서 서로 대화를 나눌 수 있으니까.

서문엽이 말했다.

"야, 이 쥐새끼들아. 이런 곳에 숨어서 무슨 일을 꾸미는 거야?"

그러자 지저인들이 저마다 서문엽이 한 말을 읊조리며 한국어를 습득하기 시작했다.

"괴물을 또 이렇게나 만들 여력이 있으면 지들 살 터전을 새로 꾸미고 떠도는 동족들을 구할 생각을 해야지, 또 전쟁 일으킬 궁리나 하고. 아주 잘하는 짓이다, 씨발 놈들."

―구할 것이다.

첫 번째 상급 사제, 즉 타락한 대사제가 말했다. 가장 먼저 한국어를 습득한 것이다.

―서문엽. 바로 너를 처치하고서 말이다.

"하하, 내 이름을 모르는 지저인이 없네."

―우리에게 재앙을 가져온 원수를 모를까? 이곳에서 널 처치하고 희생된 동족의 넋을 기린다. 그리하여서 나는……!

"너는 뭐? 빛이 내리는 땅으로 인도하겠다고?"

―아는군.

할 말을 빼앗겼지만 타락한 대사제는 당황하지 않았다.

"인마, 근데 그거 아냐? 예언의 선지자는 이미 누군지 밝혀졌어. 넌 아냐, 자식아."

―뭣?!

타락한 대사제가 처음으로 동요했다.

서문엽이 말했다.

"여왕이 선지자잖아. 그 여자, 성역이 붕괴되기 2년 전에 이미 태초의 빛의 선택을 받았던데."

―그게 무슨……!

―여왕이?

다른 지저인들이 놀라 웅성거렸다.

타락한 대사제는 노하여 소리쳤다.

―그 여자가 그리 말하더냐? 아무것도 하지 못한 무능한 군주가 이제 태초의 빛을 걸고 거짓말까지 하는구나!

―그래, 거짓말이다!

―대사제는 여기 계신 이분이야!

지저인들은 저마다 화를 냈다. 태초의 빛을 걸고서 거짓말을 한 여왕을 용서할 수 없다는 모습이었다.

그때였다.

조용히 있던 피에트로가 입을 열었다.

"첫 번째여."

타락한 대사제의 미간이 꿈틀했다.

―인간, 넌 누구냐? 내가 한때 첫 번째 상급 사제였다는 것을 어찌 알고 있느냐?

"내가 널 임명했으니 아는 게 당연하지 않느냐."

피에트로의 덤덤한 대꾸.

타락한 대사제는 무슨 소리인지 영문을 모르겠다는 표정이었다.

"그때 어렸던 너는 나에게 말했다. 나처럼 위대한 이가 되고 싶다고. 그리고 나는 답했다. 이 세상 그 누군가가 강대한 힘이나 끝없는 권세, 명예를 가져도 그것은 위대한 게 아니라고. 오직……."

―오직 태초의 빛의 사랑만이 위대하다……

타락한 대사제는 충격받은 얼굴로 피에트로의 말을 받아 중얼거렸다.

피에트로는 미소를 지었다. 한 번도 본 적 없는 인자한 미소였다. 할아버지가 손자에게 짓는 미소가 저러할까?

"첫 번째여. 가장 나를 닮았던 아이여. 어이하여 내가 지은 죄까지 닮으려 하는 것이냐?"

―거짓말! 인간인데 어째서 그분과 나만 아는 일을……!

"세 번째가 감당 못 할 사령을 건드리지 말라고 했던 내 충고를 어겼잖느냐."

그제야 타락한 대사제는 전후 사정을 깨달았다.

―인간의 몸에 빙의하신 겁니까?

"그렇다. 나도 이러고 싶지는 않았지만, 해야 할 일이 아직 남아 있어 선택의 여지가 없었다. 처음에는 인간 따위가 되었다는 자괴감이 들었으나, 익숙해지니 괜찮아졌다. 인간도 나쁘지 않아. 빛 아래에서 자유롭게 다닐 수 있으니까."

―대사제님!! 그렇다면 어째서 저 인간과 함께 계시는 것입니까? 저희가 대사제님의 옥체를 멋대로 다뤄서 화나신 겁니까? 그것은 죄송스럽게도 대의를 위한……!

"그딴 건 문제가 아니다, 첫 번째여."

피에트로의 정체가 밝혀지고서 모두들 동요하여 웅성거렸다.

피에트로는 계속 말했다.

"서문엽의 말이 맞다. 여왕이 선지자다. 그녀는 태초의 빛의 말씀을 들었고, 예언을 더 많이 들었다."

─무슨 소리를 하시는 겁니까! 제가 대사제입니다! 제가 당신의 뒤를 이어 태초의 빛을 모시고 있단 말입니다!

"고백하자면 나는 우리의 성역이 무너지기 수년 전 이미 태초의 빛의 말씀을 듣지 못하게 된 지 오래였다."

─그런……!

타락한 대사제의 눈빛이 떨렸다.

아버지와 같은 피에트로가 자신의 추한 부분을 고백하니 동요한 것.

"그때 명상 중에 태초의 빛을 흉내 내는 간사한 영령을 보았는데, 지금 네가 섬기고 있는 존재가 바로 그놈이다."

폭탄 발언이 나오자 지저인들은 혼란에 빠졌다.

*      *      *

─가짜라고?

타락한 대사제는 부들부들 떨었다.

─어떻게 그런 소리를! 어떻게 당신이 그분을 부정하는 말을!

"내가 부정하는 건 네가 말하는 그분이다."

피에트로의 말에 다른 지저인들이 동요했다.

그들은 모두 사제들이라 전직 대사제였던 피에트로의 말 한마디 한마디에 귀를 기울이지 않을 수 없었다.

한때 그들의 지도자였던 피에트로가 타락한 대사제를 부정하니 동요가 커졌다.

어쩌면 태초의 빛이 아니라 다른 무언가를 섬기는 것인지도 모른다는 의심이 독처럼 퍼져갔다.

타락한 대사제는 그런 부하들의 동요를 알아채고는 당혹했다. 일단 이 혼란을 수습하지 않으면 골이 깊어질 수 있었다. 의심이라는 건 점점 마음을 잡아먹는 괴물이니까.

타락한 대사제는 피에트로에게 호통쳤다.

─닥쳐라! 지고한 문명을 망쳐 버린 죄인아! 여전히 거짓을 일삼는구나!

"그러니 나와 같은 실수를 답습하지 말라는 거다."

─지금 네 모습을 보아라!

그 말은 피에트로가 아니라 다른 사제들에게 한 말이었다.

인간의 모습을 하고 있는 피에트로의 꼴을 보라고. 저따위 모습을 한 자의 말을 믿을 수 있겠냐고 말이다.

─태초의 빛의 말씀을 왜곡하여서 선지자 행세를 한 것도 모자라 이제는 인간의 편에 선 역적! 이제는 그분의 존재마저 왜곡하느냐!

"그리 생각한다면 하나 물어볼 게 있는데."

피에트로는 제단 앞에 있는 거대한 괴물을 가리켰다.

"네가 말한 그분이 저딴 것을 만들라고 시키더냐?"

─뭐, 뭣이?

당혹감이 역력한 목소리.

피에트로가 말했다.

"금기에 속하는 온갖 흉측한 것이 다 들어갔구나. 스스로 호흡을 통해 오러를 모을 수 있고, 보유할 수 있는 오러양에 제한이 없고, 행동을 제어할 수 있는 장치조차 보이지 않는 군. 저런 괴물을 제정신으로 만든 것이냐?"

생명 조작의 대가였던 피에트로는 괴물에 들어간 메커니즘을 한눈에 파악한 상태였다.

"너희의 생각은 어떠한가?"

피에트로는 다른 사제들에게 질문을 던졌다.

"설마 저걸 태초의 빛의 말씀에 따라 만들었다고 말하지는 않겠지?"

사제들은 어찌할 바를 모르고 서로를 바라보았다.

그때였다.

타락한 대사제가 입을 열었다.

─문이 열릴 것이다.

그 말에 서문엽과 피에트로의 표정이 변했다.

알려진 예언은 선지자가 빛이 내리는 땅에 인도한다는 전반 부뿐.

여왕만이 알고 있었던 예언의 후반부, 즉 문이 열리고 환란이 닥친다는 경고는 다른 지저인들이 알지 못하는 것이었다.

―문이 열리면 우리에게 빛이 내리는 땅을 가져다줄 강력한 존재가 나타날 것이다.

그랬다.

그것이 타락한 대사제가 미지의 존재로부터 받은 거짓 예언이었다.

그들이 추구하는 진정한 목적.

―지상의 모든 것을 쓸어버리고 부흥을 다시 가져다줄 존재가 강림할 것이다! 그렇게 우리는 다시 일어선다!

타락한 대사제는 핏발이 선 눈으로 소리쳤다.

―저것이 뭐냐고? 바로 우리의 의지를 나타내는 괴물이다. 우리가 얼마나 간절하고 치열한지를 말이다!

그 말과 함께 타락한 대사제가 허공에 마법진 하나를 그렸다. 피에트로가 자주 보여주는 마법진과 비슷한 생김새였다.

"더 말로 하는 선 불편해하는 눈치지?"

서문엽이 비아냥거렸다.

피에트로가 설명했다.

"첫 번째는 영령을 소환하는 내 재주를 흉내 내려 했지만 실패했지. 그 대신 자기 기억 속에 있는 자를 영혼처럼 만들어 스스로에게 깃들게 하는 법을 터득했다."

경고하지 않아도 서문엽은 타락한 대사제의 초능력을 알고 있었다.

—전사의 기억: 실제로 본 적이 있었던 전사의 무예를 똑같이 재현한다.


만만치 않을 것이다.

타락한 대사제는 근력 95, 민첩성 93, 지구력 89라는 높은 피지컬을 가지고 있었다.

이것만 보면 딱히 배틀필드의 톱3 선수들보다 못한 것처럼 보일지도 모른다.

하지만.

'어마어마한 오러양이 압박이군.'

영혼을 저당 잡힌 충성에 대한 대가로 손에 넣은 245에 달하는 오러.

그것이 저 훌륭한 피지컬을 통해 발현되면 무시무시한 전사가 된다.

심지어 전사의 기억을 불러와 똑같은 무예를 펼친다면 무기 숙련도도 약점이 안 된다.

과연 타락한 대사제는 기억 속에서 어떤 전사를 불러낼 것인가?

이윽고 타락한 대사제가 무기를 꺼냈다.

파앗! 팟!

응축된 하얀 오러가 무기가 되어서 그의 두 손에 쥐어졌다.

그것은 대검 두 자루였다.

"응?"

서문엽의 두 눈이 휘둥그레졌다.

두 자루의 대검으로 취하는 준비 자세도 어디선가 많이 본 모습이었다.

"첫 번째는 자기 입지를 다지기 위해 공적을 필요로 했지. 그래서 만인릉을 토벌하는 역할을 자청하여 맡았다. 그리고 실패한 탓에 그 뒤로는 전쟁에서 전면에 나서지 못했지. 결과 적으로는 그 덕에 죽지 않고 살아남은 것이지만."

피에트로의 부연 설명.

"한마디로 저 자식 기억 속에 있는 가장 뛰어난 전사가 만 인릉 황제라는 거잖아?"

서문엽의 표정에 흥미가 떠올랐다.

"이거 재미있겠는데?"

만인릉 황제와 피 터시게 싸워본 이후로 다른 싸움이 모두 시시하게만 느껴졌던 차였다.

설마 이런 식으로 다시 상대할 수 있게 될 줄은 몰랐다.

"저 자식 내가 맡을게. 다른 건 네가 정리해."

"그러지."

피에트로도 영령의 일격을 준비했다.

파파파파팟!

십여 개의 마법진이 허공에 떠올랐다.

그 광경에 지저인들이 움찔했다.

살아생전 저것을 펼치던 대사제는 얼마나 경이로웠던가.

그러자 타락한 대사제가 비웃었다.

—겁먹지 마라. 옛날보다 훨씬 못한 수준이다. 게다가 어떤 영령께서 저 타락한 자에게 힘을 빌려주겠느냐!

역시나 바로 약점을 꿰뚫어 보는 타락한 대사제.

피에트로는 비틀린 미소를 지었다.

"그래서 너희를 실망시키지 않기 위해 색다른 선물을 주기로 했다."

십여 개의 마법진에서 음산한 기운이 풍기기 시작했다.

그것은 죽어서 영령이 되지 못한 사령들의 원한과 분노였다.

"너희가 그렇게 된 데는 내 잘못이 크니 여기서 책임을 진다. 오늘 이 자리에서 아무도 살아 나가지 못할 것이다."

이윽고 마법진에서 오러에 덧씌워진 사령들이 쏟아져 나오기 시작했다.

—크아아아!

—생명을!

—비통하다!

—어쩌나 기나긴 고통이었던가!

사령들이 원한의 말을 쏟아내며 음험하게 공중을 맴돌았다.

"다 죽어라."

피에트로의 말이 떨어지자, 사령들이 지저인들을 공격하기 시작했다.

ㅡ피해라!

지저인들이 공간 이동을 펼쳐서 피했다.

그 순간, 피에트로가 손가락을 까닥했다.

팟! 팟! 팟!

ㅡ헉!

사령을 피하려고 공간 이동을 펼쳤던 사제들 3명이 한 지점에 나타났다. 사령 둘이 그들을 덮쳤다.

콰아아앙!

ㅡ크아악!

ㅡ으억!

ㅡ안 돼!

사령들에게 물어뜯긴 사제들이 고통에 울부짖으며 본능적으로 공간 이동을 또 펼쳤다.

피에트로가 다시 손가락을 까닥했다.

사제 3명은 달아나지 못하고 다시 원위치에 나타났다.

사령들이 계속 덮쳤다.

ㅡ끄아아아!

ㅡ살려줘!

결국 사제 3인은 걸레짝이 된 몸에서 오러가 줄줄이 새는 채로 죽어버렸다.

그러자 다섯째 상급 사제가 당황하여 소리쳤다.

—멍청한! 공간 이동을 쓰지 마! 대사제님, 아니, 저자는 시공을 조작한다고!

그 말에 당황한 사제들.

공간 이동에 익숙한 지저인이 그 외에 어떤 수단으로 사령들을 피한단 말인가?

피에트로는 음산하게 웃었다.

"말하지 않았더냐. 모두 이 자리에서 살아 나가지 못한다고. 공간 이동으로 달아날 수 있다고 생각지 마라. 내 시야 안으로 들어왔을 때, 너희는 달아날 수 있는 방법이 모두 사라진 것이다."

—으으으······!

—진짜 대사제님이시다.

—대사제님만이 보였던 능력이야······!

사제들은 공포에 질렸다.

—멍청한 놈들! 뭣들 하는 것이냐!

타락한 대사제가 호통쳤다. 그가 불같은 눈으로 쏘아보자, 흠칫한 다섯째 상급 사제가 고개를 끄덕이고는 괴물들에게 신호를 냈다.

삐익!

그러자 괴물들이 움직였다.

자드룬, 아라크네, 살러분, 그리고 스켈레톤들까지.

일제히 서문엽과 피에트로를 향해 달려들었다.

피에트로가 사령들을 조종했다.

그러자 사령들이 괴물들을 휩쓸기 시작했다.

콰콰콰콰쾅!!!

오러 공격에 취약한 살러분들이 가장 먼저 소멸당했다.

그다음 자드룬 3마리도 동굴 깊숙이 숨겨놓았던 약점인 본체를 사령들에게 들켜서 죽임당했다.

―키키키키!

―다 죽음만이!

―너희도 우리와 같은 죽음을!

미쳐 날뛰는 사령들이 살육의 잔치를 벌였다.

단단한 껍질을 가진 아라크네와 방어 능력이 좋은 스켈레톤들이 조금 까다로웠는데, 이는 서문엽이 해결했다.

"나도 슬슬 간다!"

서문엽은 초능력 '불사'를 증폭시켰다. 그리고 삽시간에 창과 방패를 영체화시켰다.

그동안 틈틈이 연습한 덕에 무기 영체화를 신속하게 펼칠 수 있게 된 것.

"재미있는 걸 보여주지!"

서문엽은 영체화된 방패를 냅다 집어 던졌다.

놀랍게도 그의 손에서 떨어졌음에도 방패는 여전히 영체화를 유지한 채로 날아갔다.

부메랑처럼 원을 그리며 날아간 방패는 스켈레톤들을 무더기로 죽였다.

다시 선회하여 되돌아오면서는 아라크네들까지 몇 마리 죽이고 돌아왔다.

"한 번 더!"

또다시 방패를 던졌다.

그럴 때마다 스켈레톤들과 아라크네들이 죽어나갔다.

—어, 어떻게!

타락한 대사제가 경악하여 소리쳤다.

"뭐? 나?"

서문엽이 능청스럽게 물었다.

—인간 따위가 어떻게 영체화를?!

"아하, 넌 만인룡 황제 본 적 있지? 넌 무기 영체화 못하냐?"

—영체화의 경지에 어찌 인간 따위가 발을 들일 수 있단 말이냐. 이건 거짓말이다! 눈속임이야!

"겨우 영체화의 경지가 아니야. 만인룡 황제만 했던 무기 영체화지."

타락한 대사제는 자신의 두 눈을 의심했다.

하지만 그의 기억력은 좋았다.

기억 속에 똑똑히 각인되었던 만인룡 황제의 위엄.

오러와 영혼이 함께 빛나던 두 자루의 대검.

그와 똑같은 것이 서문엽의 손에서 펼쳐지고 있었다.

"누가 싸움 중에 넋 놓고 있냐!"

도리어 서문엽이 타락한 대사제를 호통쳐서 일깨웠다.

"덤벼, 새꺄! 겁먹고 싸우지 못하는 걸 부하들에게 보여주려고? 그럼 애들이 널 뭐로 보겠어? 아, 저 새끼 진짜 대사제 아닌가 보다. 진짜 우리가 속고 있는 거 아닐까?"

서문엽은 계속 그의 아픈 부분만 찌르며 도발했다.

―크윽! 이 개자식을!

타락한 대사제가 분통을 터뜨리며 서문엽에게로 쏘아져 나갔다.

―황제의 지고한 검술을 느껴보아라!

무기 영체화는 아니지만, 타락한 대사제 역시 오러를 구체화하여 만든 대검 두 자루를 들고 있어 상당히 위협적이었다.

하지만 서문엽은 긴장하지 않았다. 몇 번이나 죽어가며 신나게 싸워보았던 검술을 또 만났을 뿐이었다. 당연히.

파앗! 팟!

서문엽은 시간차를 두고 연이어 휘둘러진 대검 두 자루를 가볍게 피했다.

뿐만 아니라 등 뒤로 창을 찔러 넣으며 반격까지 했다.

쉭!

아슬아슬하게 뺨을 스쳐 지나간 창.

창을 피하려고 흠칫 멈추는 바람에 타락한 대사제의 공세는 흐름이 끊겼다.

서문엽은 그 타이밍을 놓치지 않고 곧바로 치고 들어갔다.

연속 찌르기.

이어서 방패로 후려치기.

타락한 대사제는 계속 뒷걸음질로 피하면서도 대검을 휘두를 간격과 타이밍이 나오지 않아 당혹했다.

"인마, 내가 그 황제 두 번이나 죽여봤어."

—……?!

타락한 대사제는 거짓말일 거라고 생각했다. 상대가 그냥 아무 말이나 지껄이며 동요시키려는 의도일 터였다. 그런데 불길한 느낌이 들었다.

타락한 대사제가 하늘로 솟구친 뒤, 두 자루 대검을 십자(十字)로 교차시켰다.

파아아아앗!!

십자 모양으로 오러가 쏟아졌다.

서문엽은 십자 밖으로 빠져나온 뒤, 곧바로 다시 타락한 대사제를 덮쳤다.

—무슨?!

곧바로 간파당하자 타락한 대사제의 불안함은 더욱 커졌다.

"말했지. 그 양반 두 번 죽였다고."

제2장

미완성 괴물

　서문엽이 타락한 대사제를 상대하는  동안, 피에트로는 다른 사제들과 격전을 펼치고 있었다.
　―죽어!
　한 사제가 오러를 일으켰다.
　압축된 오러가 광선처럼 쏘아져 나갔다.
　피에트로는 손가락을 딱 튕겼다.
　파앗! 팟! 팟!
　피에트로의 앞에 마법진 3개가 중첩되어 나타났다.
　3겹의 마법진이 오러 광선을 막아냈다.
　"너도 받아봐라."

이번에는 피에트로가 그 사제를 향하여 검지를 뻗었다.

이윽고 검지에 오러가 압축되기 시작했다.

피에트로는 예전의 대사제가 아니었다. 이미 한 번 죽어 본 신의 힘을 잃었고 현재는 인간의 몸이라 오러양은 인체의 한계인 100 수준.

그러나 피에트로에게는 또 다른 무기가 있었다.

파앗!

공간 이동을 펼친 피에트로가 사제의 등 뒤에 나타났다.

―헉!

대경실색한 사제는 즉시 공간 이동을 써서 피했다.

하지만.

피에트로가 반대편 손가락을 까닥였다.

팟!

공간 이동을 펼쳤던 사제가 제자리에 나타났다.

피에트로는 웃었다.

"방어를 했어야지. 미숙하다."

파아아앗!!

―끄아아악!

오러 광선이 사제의 몸을 꿰뚫고 지나갔다.

다른 사제들은 그 광경에 넋을 놓았다.

―오러를 압축한 채로 공간 이동을 쓰고 시공을 조작하다니!

―역시 대사제님이다……

─전대미문의 오러 운용술이야.

겁에 질린 사제들의 반응에 다섯째 상급 사제가 버럭 소리를 질렀다.

─뭣들 하는 거야! 다 함께 저 인간 놈을 처치해!

'인간 놈'은 피에트로를 지칭하는 소리였다.

그 말에 사제들도 정신을 차렸다. 하찮은 인간의 몸을 하고 있는 대사제는 더 이상 존경해야 마땅한 자가 아니었다.

여전히 신전은 오러를 씌운 사령들이 날아다니며 괴물들을 습격하고 있는 상황.

다섯째 상급 사제는 사제들을 독려하는 한편, 자신은 초능력인 '백연'을 펼쳤다.

츠츠츠츠츠!

오러로 이루어진 하얀 독 안개가 삽시간에 퍼져 나갔다.

타깃은 정신없이 날아다니는 사령들이었다.

백연의 독은 오러를 중독시키는 특별한 성질이 있었기 때문에 오러에 깃든 악령들도 타격을 입힐 수 있었던 것이다.

'일단 악령들부터 제거하고 나면 괴물들과 함께 어떻게든 처리할 수 있다. 저자는 인간의 몸을 하고 있어서 오러양이 별로 없어!'

다섯째 상급 사제는 피에트로의 약점을 꿰뚫어 보았다.

인간 중에서는 최고치의 오러를 가진 피에트로였으나, 오러와 함께 진화한 지저인의 육체에 비하면 족쇄를 차고 있는 것이나 다름없었다.

하얀 안개가 퍼져 나갔다.

안개 속에서 사령들의 맹렬한 움직임이 굼떠졌다.

하얀 안개는 점점 사령들을 옭아매고 점차 중독시켰다.

그런데 그때였다.

"안쓰럽구나."

피에트로가 양손을 휘저었다.

그러자 하얀 안개가 삽시간에 양옆으로 갈라졌다.

안개가 치워지면서 뿌옇던 시야가 단숨에 말끔해지는 광경
은 이적과도 같았다.

"그 가상한 노력이 말이다, 다섯째여."

―크으윽! 이 배신자가!

부들부들 떨던 다섯째 상급 사제는 포기하지 않고 다시 오
러를 일으켰다.

그의 오러가 죽은 괴물들의 사체에 스며들었다.

죽었던 아라크네와 스켈레톤들이 다시 비틀거리며 일어났
다.

눈에는 생기가 없었지만 다시 일어난 아라크네와 스켈레톤
들은 피에트로를 향해 다가갔다.

"호오?"

피에트로의 눈에 흥미가 어렸다.

"언데드로 만들어 일으켜 세운 것은 아니고, 복잡한 통제

설정이 담긴 오러를 주입해 움직이게 만든 건가. 넌 그런 쪽에 재능이 풍부했던 아이지.”

다섯째 상급 사제는 코웃음을 쳤다.

—여유 있는 척도 소용없다. 인간의 몸이 수용 가능한 오러양은 한계가 있다는 걸 모를 줄 아느냐? 너와 함께 수많은 인체 실험을 한 이가 나라는 걸 잊지 마라!

“알다마다.”

피에트로는 덤덤했다.

“그러니 옛정을 생각해서 나도 재미있는 것을 보여줘야지.”

손가락을 튕기니 또다시 마법진 4개가 떠올랐다.

그 마법진은 피에트로에게 죽임당한 사제들의 시신 위에 떠올라 있었다.

다섯째 상급 사제는 아연실색했다.

—서, 설마?

피에트로는 계속해서 눈을 감고 죽은 이의 영혼을 부르는 ‘초혼’을 펼쳤다.

이윽고.

—으으으……

—이렇게 원통할 수가.

죽었던 4명의 사제들이 일어서기 시작했다.

사령 언데드였다.

—어, 어떻게 사령 언데드를 그토록 빠르게!!

다섯째 상급 사제가 기겁하여 소리쳤다.

"사령을 하도 다루다 보니 이런 것도 가능해지더군. 인간의 몸으로 이 정도면 아직 쓸 만한 솜씨 아니냐."

다섯째 상급 사제는 그런 피에트로를 괴물 보듯이 보았다. 그제야 그가 누구였는지 새삼 깨달았다.

지저 문명이 낳은 사상 최고의 천재.

똑똑하고 재능이 넘쳤던 탓에 자기 자신에 대한 확신에 차 있었던, 그래서 잘못을 깨닫지 못하고 폭주하고 말았던 최고이자 최악의 대사제였다.

사령 언데드가 되어 깨어난 사제들은 주위를 둘러보다가 사태를 파악했다.

피에트로가 그들에게 말했다.

"자, 너희가 깨닫게 된 바를 모두에게 알려주어라."

지시가 떨어지자, 언데드 사제들이 울부짖기 시작했다.

─우리는 속았다!

─첫 번째 상급 사제! 이 악마와 내통한 이단자야!!

─우리가 하던 일은 태초의 빛의 뜻이 아니었어!

─우리를 죄인으로 만들고 영령이 되지 못하게 했다!

조금 전까지만 해도 자신들의 동료였던 언데드 사제들이 일제히 성토하기 시작했다.

다섯째 상급 사제는 당황했다.

─이, 이게 무슨?

다른 사제들 또한 동요하는 것은 마찬가지.

―어떻게 된 거야?

―전 대사제님의 말씀이 사실이었단 말이야?

언데드 사제들로 인해 상황은 난장판이 되었다.

상황이 그렇게 되자 타락한 대사제는 미칠 지경이었다.

'이게 무슨 더러운 꼴이지!'

죽은 줄 알았던 대사제가 인간의 몸으로 되살아나 인간의 편을 들었을 때부터 상황은 꼬여들기 시작했다.

'아니, 원인은 서문엽인가.'

재앙의 원흉인 서문엽이 생환했다는 소식을 듣고 깜짝 놀랐다.

물론 인간은 지저 세계를 자유롭게 탐사하지 못하기 때문에, 이쪽에서 먼저 시공을 연결하지 않으면 공격당할 염려는 없었다.

그러나 문제는 여왕.

인간 사회에 숨어들어 떠돌던 동족들을 거두어 여왕 행세를 계속하던 그 여자가 서문엽과 접촉하려 한 것이다.

지금도 지저 세계를 들쑤시고 다니며 동족들을 모으고 있는 여왕이 서문엽과 손잡기까지 한다면 심각한 위협이 될 우려가 있었다.

그래서 서문엽을 처치하려 한 것이다.

그러나 처치는커녕 오히려 서문엽에게 처치당했는지 이 일을 담당한 세 번째 상급 사제가 연락 두절되었다.

알고 보니 서문엽이 사령 언데드가 된 대사제와 손잡은 게 아닌가?

'대사제님이 인간과 손잡고서 이렇게 나를 방해하다니? 제정신이신가? 그렇게 강인하시고 지고지순하시던 신앙심은 어디로 가고 저런 추한 꼴이란 말이냐!'

아버지 같았던 이가 동족을 말아먹은 것도 모자라 자신의 원대한 뜻을 방해하고 있으니 울분을 느꼈다.

타락한 대사제.

즉, 첫 번째 상급 사제는 옛날 성역이 붕괴되는 것을 지켜보며 피눈물을 흘려야 했다.

상대는 하찮고 미개함에도 불구하고 빛이 내리는 땅에서 살아가는, 분에 넘치는 혜택을 받았던 인간이었다.

그들은 미개하게도 사회가 단일적으로 통합되지 않아 서로 전쟁을 벌이고 있었으며, 자신들이 살아가는 은혜로운 땅을 스스로 오염시키고 있었다.

미개한 데다가 폭력적이며 땅을 더럽히는 해로운 종족이니, 단숨에 박멸시키겠다는 결정은 타당했다.

그러나 그런 인간들에게 패배했고, 성역마저 무너지다니.

태초의 빛의 말씀에 따라 올바른 일을 행하고 있다는 믿음도 무너졌다.

말씀대로 행하였는데.

어째서 이런 결과가 나왔단 말인가.

태초의 빛의 가르침은 틀렸는가?

살아남은 사제들을 이끌고 붕괴되는 성역에서 대피한 뒤에도 그는 계속 고뇌했다.

결국 답을 찾기 위해 태초의 빛을 찾아 방황했다.

끊임없이 명상에 빠진 채 영령계를 탐사했다.

깊이.

더 깊이.

태초부터 존재하였던 위대한 영령이 있는 곳에 닿을 때까지.

무려 수천 일간 명상에 빠져 지냈다.

그리고 마침내 닿았다.

까마득한 세월을 존재했던 위대한 영령과.

그분은 자신이 무엇을 행하여야 하는지 알려주었다.

그때부터 첫 번째 상급 사제는 스스로 대사제의 지위에 올라 문명을 다시 일으킬 진정한 지도자가 되었다.

―우리 위대한 문명이 인간 따위에게 질 리가 없다!

타락한 대사제가 두 자루 대검을 휘두르며 소리쳤다.

서문엽은 능숙하게 피하고는 방패를 앞세워서 몸통 박치기를 했다.

쿠웅!

타락한 대사제는 뒤로 밀려나지 않고 버텼지만, 대검을 휘두를 공간이 나오지 않아 공세가 주춤했다.

"다 이해해, 인마. 이 형님은 인간이라고 하기에는 너무 위대하지."

―이놈!

타락한 대사제가 발길질을 했다.

쿵!

방패로 받아낸 서문엽은 씨익 웃어 보였다.

"그러게 마음 좀 곱게 쓰지 그랬어? 앙? 흉측한 괴물을 만들어 공격할 발상이나 하고 말이야. 너희들 대가리에는 평화라는 개념이 없냐?"

―해충과 평화를 논하더냐?

"어디나 해충은 있는 거야. 너처럼!"

서문엽이 연속 찌르기를 펼치며 타락한 대사제를 압박했다.

파앗!

순간 타락한 대사제가 공간 이동을 써서 사라졌다.

그러고는 좌측에서 나타나 두 대검을 십자로 교차시켰다.

―비록 성역을 잃었으나, 그것이 우리 문명의 모든 저력은 아니다!

콰콰콰콰콰콰!!

십자 오러가 서문엽에게 퍼부어졌다.

서문엽은 방패를 낀 채 몸을 날려 피했다.

오러의 파도에 휩쓸렸으나 방패로 막아낸 덕에 무사할 수 있었다.

찍어 누르려 해도 생쥐처럼 살아 나가는 서문엽의 대응에 타락한 대사제는 더더욱 노하여 소리쳤다.

─버려진 세계에 우리가 두고 온 선조들의 지혜가 남겨져 있다! 그것을 가져오기만 한다면 모든 것이 끝나는 것이다!

"이 새끼가 아직도 똥오줌 못 가리네. 그렇게 좋은 지혜를 왜 거기다 버리고 도망쳐 왔겠냐? 만인룡의 황제가 너희들 비웃지 않디?"

만인룡 황제가 언급되자 타락한 대사제가 흠칫했다.

그의 처음이자 마지막 실패였던 만인룡 원정 때가 생각난 것이다. 그때 만인룡의 황제는 모두를 비웃고 있었다.

"네가 받들어 모시고 있는 그 새끼 말이야. 옛날에 만인룡 황제가 쫓아낸 괴물이야. 너희 선조가 만든 괴물이 감당 못 힐 수준으로 진화한 탓에 세계를 통째루 버리고 달아나야 했던 그 괴물!"

─또, 또, 또 무슨 궤변을……!

타락한 대사제로서는 알 리가 없었던 까마득한 고대의 역사였다.

버려진 세계의 진실.

만인룡 황제가 무소불위의 군주로 군림할 수 있었던 업적.

그것들을 몇 마디 말로 요약해서 퍼부어주니 타락한 대사제는 동요할 수밖에 없었다.

'이 인간 놈이 또 말도 안 되는 헛소리로 나를 흔들려 하는구나.'

그리 생각하며 정신을 가다듬으려 했지만, 몸은 떨림을 주체하지 못했다.

즉석에서 지어냈다고 하기에는 너무 많은 비사(祕史)를 관통하는 이야기 아닌가.

두 사람이 대결을 펼치는 동안, 피에트로와 사제들의 대결도 점점 혈투로 치달았다.

다섯째 상급 사제가 죽은 괴물을 조종하며 끊임없이 밀어붙였고, 피에트로는 자신의 오러 컨트롤 솜씨와 언데드 사제들의 화력 지원을 무기 삼아 대항했다.

전쟁을 방불케 하는 싸움 속에서 신전도 차츰 무너지려 하고 있었다.

그런데 그때였다.

꿈틀.

제단 앞에 서 있는 미완성 괴물의 꼬리가 아주 미세하지만 움직임을 보였다.


\*　　　　\*　　　　\*


대결이 한창 진행되던 도중이었다.

타락한 대사제를 향해 창을 던지는 포즈를 취했던 서문엽은 돌연.

휘릭!

던지지 않고 한 바퀴 돌더니, 제단 앞의 괴물을 향해 창을 던졌다.

좌아아악!

무기 영체화가 풀리지 않은 창이 괴물을 향해 날아갔다.

자신에게 창을 던지는 줄 알고 방어 태세를 갖췄던 타락한 대사제는 흠칫 놀랐다.

왜 갑자기 가만히 있는 괴물에게 창을 던졌을까?

그런데 더 놀라운 일이 벌어졌다.

콰지직!!

8개의 머리 중 하나에 창이 직격하려는 순간, 괴물이 머리를 옆으로 움직여 피한 것이다.

창은 벽에 깊숙이 박혔다,

서문엽은 창을 한 자루 더 꺼내며 입을 열었다.

"그럴 줄 알았어. 내 감각은 못 속이지."

그것은 본능에 가까웠다.

타락한 대사제와 치열한 대결을 펼치던 중, 서문엽은 감각에 이질적인 기척을 느꼈다.

그것은 던전에서 지겹게 만났던 괴물의 기척이었다. 그러나 지금껏 만나본 적 없었던 새로운 존재감이기도 했다.

당연히 제단 앞에 모셔진 괴물에게로 신경이 미칠 수밖에 없었다.

그래서 길게 생각하지 않고 냅다 창부터 던졌다.

그것은 옳았다.

괴물이 창에 꿰뚫리지 않으려고 움직였으니까.

─아, 아직 미완성이었을 텐데?

괴물 제작의 책임자였던 다섯째 상급 사제는 화들짝 놀라서 중얼거렸다.

다른 사제들도 마찬가지였다.

아직 미완성되어서 생명을 얻지 못한 괴물이 무슨 수로 스스로 움직인 것인지 불가사의였다.

동요하지 않는 것은 서문엽과 피에트로뿐이었다.

"그렇군."

피에트로는 무언가를 알아차렸는지 입을 열었다.

서문엽이 물었다.

"어떻게 된 건지 알 것 같아? 저거 아직 미완성이었다며?"

"미완성일 수밖에 없지. 완성시킬 필요가 없었으니까."

"뭔 소리야, 그게?"

피에트로는 타락한 대사제를 바라보며 말했다.

"사령 언데드구나. 그렇지?"

─…….

타락한 대사제는 침묵으로 긍정을 표했다.

"사령 언데드? 괴물로?"

서문엽은 더욱 알 수 없는 표정이 되었다.

분석안으로는 여전히 괴물에 대한 능력치가 나오지 않았다. 살아 있지 않다는 증거였다. 이를 미루어 보아 피에트로의 추측이 맞을 터였다.

"괴물이 죽어서 사령을 남기는 것은 듣도 보도 못했고, 다루는 법은 더더욱 알 수 없다. 소통도 되지 않는데 무슨 수로 괴물의 사령을 인도할 수 있을까."

피에트로의 말이 계속되었다.

"나조차도 불가능한데 첫 번째 네가 해냈다고는 더더욱 생각할 수 없지. 그렇다면 답은 한 가지다."

말에서 상대를 낮잡아보는 거만함이 자연스럽게 묻어 나왔지만, 타락한 대사제도 이를 순순히 인정하는지 기분 나빠 하는 기색이 없었다.

"예언의 괴물이 한 일이다."

"버려진 세계에 있는 그 녀석? 사령까지 다룬다고?"

"스스로 영령계까지 가는데 사령을 다룬다 해서 이상할 것은 없지."

다만 영령계로 접속하는 것도, 사령을 다루는 것도 스스로 독학으로 터득했다는 부분이 무서운 것이었다.

억겁의 세월 동안 괴물밖에 없는 그 세상에서, 홀로 지성을 거기까지 진화시켰다는 게 실로 두려운 부분이었다.

"사령을 다루려면 소통이 되어야 한다. 사령을 다룰 수 있으며, 괴물과 소통할 줄 아는 자. 그런 존재는 하나밖에 짐작할 수 없군."

"먼 곳에 있는데도 여기다가 사령 언데드를 만드는 게 가능해?"

"그래서 육체는 이 녀석들이 제작한 것이겠지. 그리고 예언의 괴물이 자기 부하 괴물을 죽인 후에 사령을 이리로 보낸 것일 테고. 그럼 저 괴물을 힘들게 개조한 이유도 알 수 있다. 사령과 최대한 흡사한 형태로 만들기 위해 저렇게 개조한 것이야."

철갑을 두른 거대한 뱀 세르펜.

그러나 보통 세르펜보다 훨씬 거대하며, 머리는 8개에 다리는 10개, 등에는 거대한 날개까지.

그야말로 온 힘을 다해 최대한 강력하게 개조한 괴물이었다. 버려진 세계에는 저런 괴물들이 잔뜩 살고 있다고 생각하니 오싹해졌다.

이를 생각한 서문엽은 고개를 절레절레 내저었다.

"안 되지, 싸우기 전에 쫄면 안 돼."

그런 예언의 괴물을 한 번 격퇴시켰던 살아생전의 만인룡 황제가 대단하게 느껴졌다.

—크르르륵.

괴물이 마침내 입을 열었다.

그냥 울음소리를 냈을 뿐이지만, 분명 다른 괴물들과는 달랐다.

"호흡기와 성대가 있음에도 오러를 진동시켜서 소리를 냈다. 의사소통을 할 줄 안다는 뜻이다."

피에트로가 설명했다.

서문엽은 긴장하여 방패와 창을 꼬나 쥐었다.

오러를 아끼기 위해 무기 영체화는 해제하고 있었지만, 언제든 다시 펼칠 준비가 되어 있었다.

서문엽이 상대하기 싫어하는 타입인 거대하고 파워풀한 괴물이었다. 언데드라서 분석안이 나오지 않으니 더욱 까다로웠다.

"말도 할 줄 안다는 거야?"

"아니. 내가 알아들을 수 없는 걸 보니 동물 수준의 의사 표현 정도다."

언어였다면 이 자리에 있는 지저인들이 금방 알아듣고 괴물의 언어를 터득했을 터였다. 그렇지 못하는 걸 보면, 다행히도 지능은 그리 높은 편이 아닌 듯했다.

─크르르르륵.

괴물은 8쌍의 눈을 서문엽에게 집중시킨 채로 다시 한번 나직이 울었다.

격렬하지는 않지만 분노가 담겨 있는 듯한 울음.

그러나 막상 서문엽을 공격하려 하지는 않고 가만히 있는 게 이상했다.

"저런 덩치를 갖고는 왜 덤비지도 않고 꼬나보기만 해? 인마, 덤벼! 눈깔 확 뽑아버릴라!"

소리쳐서 도발했지만 괴물은 미동도 없었다.

그쯤 되자 서문엽은 의심이 들었다.

"저 새끼 신체가 아직 미완성이라 거동이 불편한 거 아냐?"

한 번 시험해 보기로 했다.

휙!

빠르게 창을 무기 영체화시키고 집어 던진 것이다.

이번에는 몸통을 노렸다.

그런데.

화라라라라락!!

거대한 날개가 펼쳐졌다.

신전의 양 끝에 닿을 정도로 넓고 거대한 날개를 휘두르며, 괴물은 거대한 몸을 공중에 띄웠다.

신전 천장 끝까지 단숨에 솟아오른 괴물은 그대로 10개의 다리로 벽면을 붙들고 매달렸다.

그런 채로 계속 8개의 머리가 서문엽만을 응시했다.

아주 잠깐이었지만 괴물이 보여준 어마어마한 위압감에 서문엽은 꿀 먹은 벙어리가 되었다.

"잘 움직이는군."

피에트로가 나직이 감상을 표했다.

―오오오! 잘 난다!

괴물을 만든 다섯째 상급 사제는 기쁨을 표했다. 저 거대한 괴물을 원활하게 비행할 수 있도록 만드는 것은 실로 힘든 작업이었기 때문이다.

―보았느냐! 태초의 빛께서 얼마나 위대하신지를!

뜬금없이 타락한 대사제가 소리쳤다.

―태초의 빛께서 우리에게 힘을 주시기 위해 괴물의 사령을 불어넣어 주셨다!

―오오, 그런가!

―태초의 빛께서 우리를 버리지 않으셨어!

사제들이 이에 동조하여 희망을 얻었다. 지금의 불리한 상황을 역전시킬 수 있다는 믿음이었다.

그러나 이에 피에트로가 말했다.

"태초의 빛께서 전지전능하시다는 믿음은 무슨 사이비 같은 발상이더냐? 그분은 태초부터 존재하신 영령으로서 억겁의 세월 동안 축적한 지혜로 우리를 올바르게 인도해 주실 뿐이다. 너희가 정녕 사제가 맞긴 한 것이냐?"

―닥쳐라, 이단자!

"그만 진실을 보아라, 첫 번째여. 저 괴물이 원활하게 비행할 수 있는 이유는 다섯째가 잘 만들었기 때문이 아니라, 본래부터 비행에 능숙한 괴물의 사령이 깃들었기 때문이다. 그런 괴물이 버려진 세계 외에 어디에 존재하겠느냐?"

―닥쳐! 선조를 모욕하고 태초의 빛께서 행하신 일마저 부정하느냐!

타락한 대사제가 악에 받쳐 소리쳤다.

서문엽은 고개를 절레절레 내저었다.

'소용없어. 이미 충성 맹세에 영혼을 저당 잡혔다. 돌이킬 수도 없는 이상 자신의 잘못을 인정할 리가 없어.'

잘못을 깨닫고 후회한들 어차피 돌이킬 수 없으면, 끝까지 고집스럽게 밀어붙이는 일밖에 없을 터였다. 저렇게 진취적이고 야망이 큰 유형일수록 그러하다.

태초의 빛이라는 절대적인 종교적 신념이 있지만, 그마저도 수단으로 전락될 수 있음은 이전에도 피에트로가 보여주지 않았던가.

타락한 대사제는 천장 쪽에 매달려 있는 괴물에게 소리쳤다.

―싸워라! 저 인간 놈들을 죽여라!

그러나 괴물은 움직이지 않았다.

조금의 반응조차 없었다.

그저 모든 시선이 서문엽에게 쏠려 있을 뿐, 타락한 대사제는 안중에도 없어 보였다.

타락한 대사제는 괴물이 자신의 지시를 들은 체도 하지 않자 당혹감을 느꼈다.

"왜 저 괴물이 덤비지 않는지 이해가 안 될 테지?"

피에트로가 물었다.

서문엽도 저도 모르게 고개를 끄덕였다.

'나도 궁금하다. 저 새끼 왜 안 덤비지?'

겁먹은 눈치는 아니었다. 분명 싸우기는 해야 할 것 같았다.

하지만 몹시 신중하다고 할까?

괴물의 태도에서 경계심이 가득한 느낌이 들었다.

피에트로가 말했다.

"간단하지. 영체화가 된 무기에 호되게 당해본 경험이 있으니까."

"아!"

그 말에 서문엽은 탄성을 터뜨렸다. 피에트로는 정말 천재가 맞는 것 같았다.

저 괴물의 사령은 예언의 괴물의 수하일 것이라고 추측됐다.

그 추측이 사실이라면, 다른 추측도 바로 귀결된다.

먼 옛날, 만인릉 황제와 싸워보았던 것이다.

예언의 괴물조차 패퇴시켰던 만인릉 황제였다.

그런 그가 휘두르는 무기 영체화된 대검에 호되게 얻어터진 경험이 있다면 지금의 상황도 설명된다.

한 번 당해본 경험이 있기 때문에 무기 영체화를 할 줄 아는 서문엽에게 덤비지 못하고 경계만 잔뜩 하는 것.

"어떠냐? 첫 번째여. 우리의 주장대로 설명하니 모든 게 이치에 맞아떨어지지 않으냐."

언데드 사제들도 고개를 끄덕이며 동조했다. 그들은 조금 전까지만 해도 추종했던 타락한 대사제를 증오 어린 눈빛으로 노려보고 있었다.

─대사제님, 저자가 하는 말이 사실입니까?

다섯째 상급 사제가 어색한 말투로 타락한 대사제에게 물었다. 계속 따라야 하는지 혼란스러운 심경이 묻어 나오는 말투였다.

─의심하지 마라. 모든 게 저 이단자의 계략이다. 그럴듯한 논리와 죽은 사제들까지 언데드로 깨워 그 거짓에 동조하게 만들고 있다.

타락한 대사제의 주장에 사제들은 더욱 갈피를 못 잡고 혼란을 느꼈다. 그 또한 옳은 소리 같았다. 전 대사제 피에트로가 얼마나 똑똑한지는 다들 알고 있었으니까.

"에이 씨발, 덤비든지 말든지 어서 정해! 언제까지 쉴 참이야?"

서문엽이 보다 못해 소리쳤다. 급한 성질을 못 참고 소리친 것 같지만 나름대로 계산이 있었다.

적의 자중지란은 환영할 만했지만, 이제는 더 시간을 줘봐야 타락한 대사제가 혼란을 수습할 것 같았기 때문이었다.

'갈피를 못 잡게 된다면, 결국은 자기들이 믿고 싶은 쪽을

선택하게 되어 있어.'

이쪽은 어디까지나 인간이었다. 저들이 벌레처럼 여기는 하찮은 인간 말이다. 이쪽으로 돌아서느니, 결국은 하던 대로 타락한 대사제를 따를 터였다.

그런데 그때였다.

—크르르르륵!!

위에서 괴물의 울음이 울려 퍼졌다.

아까보다 더 큰 소리로.

화락!

날개를 좌우로 활짝 펼치는 것이, 금방이라도 날 듯했다.

비로소 괴물도 싸울 마음을 먹은 것이었다.

서문엽은 저도 모르게 목소리가 쪼그라들었다.

"너, 너 말고 인마."

피에트로도 다시 싸움을 준비했다.

"결국 싸워야 한다. 저 괴물을 누가 통제하는지 생각해 보아라."

예언의 괴물.

"먼 시공 너머에 있으니 자세한 명령을 일일이 전달하지는 못하지만, 기본적으로 통제 설정된 지시 사항은 몇 가지 있을 거다."

"인간을 죽여라 같은?"

"그건 필수겠지."

―크롸라라라!!

괴물이 마침내 포효했다.

억눌려 온 분노를 폭발시키듯, 서문엽을 향해 똑바로 날아 들기 시작했다.

거대한 몸이 똑바로 떨어지고 있는 모습은 그 자체로 폭풍을 연상케 했다.


*　　　　　*　　　　　*


온몸으로 부딪쳐 짓누를 것처럼 날아들던 괴물.

서문엽도 신속하게 무기 영체화를 시켰다.

그러자 괴물은 도중에 날개를 활짝 펼쳐 속력을 줄이더니, 이윽고 공중에 멈춰 섰다.

그것만으로도 사나운 바람이 몰아쳐서 흙먼지와 머리칼을 흩날리게 만들었다.

"헹, 쫄았냐?"

서문엽이 소리쳤다.

대답 대신 8개의 머리가 일제히 아가리를 쩌억 벌렸다.

"잉?"

서문엽은 설마 싶었다.

설마가 맞았다.

8개의 아가리에서 칠흑빛의 오러 덩어리가 뭉쳐지기 시작한 것.

"오러를 저렇게 다룰 수 있는 괴물이 있다고?"

기가 막혀서 소리치는 서문엽에게 피에트로가 말했다.

"나와 마찬가지다. 저건 저 몸 안에 깃든 사령의 능력이야."

인간의 몸이 되었으나 인간이 흉내도 못 내는 오러 운용을 펼치는 피에트로.

괴물도 마찬가지였다.

예언의 괴물이 보낸 부하이자 까마득히 긴 세월을 존재해 온 괴물의 영혼은 오러를 다루는 능력마저 터득한 것이었다.

─푸하악!

8개의 흑색 오러 구체를 일제히 발사했다.

서문엽은 오러 구체에게서 느껴지는 기운에 섬뜩함을 느꼈다. 하나하나가 심영수의 폭발 구체보다 위력이 강해 보였다.

'이건 막는다고 능사가 아니다.'

서문엽은 단숨에 견판을 짓기로 결심했다.

오러 소모가 아까웠지만, 서문엽은 전신을 영체화시켰다.

삽시간에 영체로 변한 서문엽은 재빨리 날아올랐다.

8개의 흑색 오러 구체는 영체가 된 서문엽을 그냥 통과한 채 신전 사방으로 떨어졌다.

쫘르르릉!!

콰아아앙! 콰르르릉!

여지없이 강력한 폭발이 일어났다. 신전 전체가 지진이 일어난 것처럼 흔들렸다.

외벽도 무너지면서 바위 덩어리가 쏟아져 내렸다.

낙석에 휩쓸려 괴물들이 죽어나갔다.

괴물들까지 죽을 정도이니 사제들도 예외가 아니었다.

—으악!

—피해!

몇몇 사제들이 패닉에 빠져 공간 이동을 펼쳤다.

그 순간.

낙석이 쏟아지는 와중에도 냉정했던 피에트로가 손가락을 까닥였다.

팟! 팟!

공간 이동을 펼쳤던 사제 2인이 한자리에 나타났다.

어리둥절했던 사제들은 바로 위에 떨어지는 거대한 바위를 피하지 못했다.

쩌어억!

—끄억!

—악!

사제 2인이 그렇게 허망하게 죽었다.

그 광경을 본 타락한 대사제가 분통을 터뜨렸다.

—멍청한! 공간 이동을 쓰지 말라고 하지 않았나!

타락한 대사제는 두 자루의 대검을 휘둘러 떨어지는 바위를 부숴 버리고 있었다. 오러를 응축해 만든 대검이므로 얼마나 큰 바위든 무차별로 썰렸다.

―대사제님께로!

오러로 방어막을 펼치던 다섯째 상급 사제가 황급히 소리쳤다. 그들은 바위를 베어 부수는 타락한 대사제 주위로 모여들었다.

타락한 대사제가 낙석으로부터 그들을 보호했다.

한편, 피에트로는 낙석을 피해 공간 이동을 펼쳐서 신전 천장으로 이동했다. 시공 조작을 자유자재로 하는 그는 이 자리에서 공간 이동을 마음대로 할 수 있는 유일한 존재였다.

몸을 둥실 띄운 채로 타락한 대사제 일당을 내려다보며, 피에트로가 말했다.

"끝을 내지."

파파파파파파팟!

십여 개의 마법진이 허공을 수놓았다.

이 와중에 영령外 일격까지 감당하게 되자 타락한 대사제는 질린 표정이 되었다.

―방어막을 펼쳐라!

마법진에서 사령들이 오러에 빙의된 채 쏟아져 나오자, 타락한 대사제 일당은 일제히 오러 보호막을 펼쳐 둘러쌌다.

그런데 사령들은 타락한 대사제 일당에게로 향하지 않았다.

일제히 방향을 돌려 괴물에게로 향한 것이다.

"서문엽! 사령 언데드의 약점은 한결같다!"

피에트로가 소리쳤다. 타락한 대사제 일당을 방어에 전념하게 만들어서 끼어들지 못하게 한 뒤, 괴물부터 처리할 의도.

─오케이!

서문엽은 그 말을 알아들었다.

영체가 된 서문엽은 괴물을 향해 똑바로 날아들었다.

괴물은 가장 꺼려하는 영체가 다가오니 흠칫 놀라 더 높이 날아서 달아나려 했다.

그러나 오히려 서문엽이 더 빨리 솟구쳐서 보다 높은 곳을 점유했다.

다시 재빨리 영체화를 풀고 무기 영체화로 전환.

이윽고 괴물이 가진 8개의 머리 중 하나를 창으로 후볐다.

콰지지지직!!

─끄오오오오오오!!

괴물의 처참한 비명이 신전을 쩌렁쩌렁하게 채웠다.

영체화된 창에 머리가 깊숙이 꽂히니, 육체뿐만이 아니라 사령에 타격을 입어서 고통스러워하는 것이었다.

거기다가 피에트로가 소환한 사령들까지도 괴물들에게 달라붙어 닥치는 대로 물어뜯었다.

괴물의 철갑 비늘을 뚫기는 힘들었지만, 육체보다는 영혼에 가해지는 타격이 더욱 컸다.

괴물은 고통에 몸부림쳤다.

거대한 몸이 격렬하게 움직이니 여기저기 부딪치며 낙석을 더 만들어냈다.

자칫 잘못하면 몸부림에 휩쓸려 크게 당할 수도 있는 상황.

하지만 서문엽은 물러나지 않았다.

'이럴 때일수록 끝장을 내야지.'

생명력이 질긴 괴물들에게 시간을 주면 안 된다.

서문엽은 영체로 변신해서 과감하게 폭풍 속으로 뛰어들었다.

영체 상태를 유지할 수 있는 시간은 총 120초.

서둘러야 했다. 지금은 오러를 많이 소모해서 그중 대략 40여 초만 남은 상황이었다.

몸부림치며 날뛰지만 영체 상태인 서문엽에게는 영향이 없었다.

서문엽은 곧장 괴물의 머리 하나를 창으로 찔렀다.

콰지직!!

—끄오오오오!

머리 또 하나가 당하자 괴물의 비명이 더욱 커졌다.

어찌나 쩌렁쩌렁한지 비명만으로도 신전 전체가 진동했다.

"이 자식 왜 이렇게 안 죽어?!"

서문엽이 소리쳐 물었다.

"놀랍군. 아주 완성도 높게 제작되었기 때문이다. 완벽한 사령 언데드는 웬만한 타격에도 영혼이 쉽게 분리되지 않는다."

피에트로의 부연 설명이 섬뜩하게 다가왔다.

예언의 괴물은 괴물 주제에 지성이 어디까지 진화했단 말인가?

"하지만 타격을 입은 것은 확실하다. 계속 밀어붙여."

"좋아!"

피에트로와 서문엽이 사력을 다해 괴물을 공격했다.

서문엽은 영체로 변신했다가 풀었다가를 반복하며 오러를 최대한 아끼며 싸웠다.

치열한 격전.

머리를 또 하나 잃자, 5개밖에 남지 않은 괴물은 고통에 버둥거리다 말고 불같은 분노가 서린 눈빛으로 서문엽을 노려보았다.

"그렇게 보면 어쩔 건데!"

서문엽은 겁먹지 않고 달려들었다.

그때 괴물이 다시 흑색 오러 구체를 만들기 시작했다.

머리 3개가 당한 탓에 이제는 5개였다.

"쏴봐, 씨발!"

서문엽이 소리쳤다. 또다시 영체로 변신하면 그만이었기에 자신 있었다.

그런데 괴물은 돌연 흑색 오러 구체 5개를 사방으로 쏘아 날렸다.

콰르릉! 콰콰콰쾅!!

신전이 또다시 폭발에 충격을 받아 낙석이 떨어졌다.

제단도 동굴도 무너지는 것이 심상치 않았다.

"이 공간을 통째로 붕괴시킬 작정이다!"

피에트로가 경고했다.

"저 새끼 바보 아냐? 그럼 우린 공간 이동으로 피하면 그만 이잖아?"

"저 괴물도 던전이 아닌 지저 공간에서 생존할 자신이 있어 보이는군. 충분히 견딜 수 있는 육체와 오러를 지녔을 뿐더러, 언데드이기 때문에 생존에 필요한 생태계도 필요 없지."

그랬다.

괴물은 어차피 언데드였다. 어떤 공간에서도 존재할 수가 있었다.

신전을 무너뜨리려는 지금의 행동은 서문엽과의 싸움을 피해 도피하려는 행위나 다름없었다.

"똑똑한데?"

서문엽은 괴물의 지능을 재평가했다. 그리고 기필코 죽이기로 결심했다.

"후환 없이 모두 죽여야지. 넌 저 녀석들을 맡아!"

"알았다."

서문엽은 괴물에게로, 피에트로는 타락한 대사제 일당에게로 덤벼들었다.

하지만 싸움은 여의치 않았다.

괴물이 계속해서 신전을 부쉈기 때문이다. 그 탓에 모두들 낙석을 피하기에 여념이 없었다.

오직 영체로 변신한 서문엽만이 모든 장애물을 통과하며 괴물에게 쏘아졌다.

이번에 노리는 것은 머리가 아니었다.

─죽어!

서문엽은 괴물의 한쪽 날개를 노렸다.

콰지지지직!!

─끄어어어오오오오!!

날갯죽지가 찢겨 나간 괴물은 땅으로 추락했다.

영체 상태를 해제한 서문엽도 괴물을 향해 추락했다. 창을 무기 영체화시키고 똑바로 괴물을 조준했다.

푸우우우욱!!

유성처럼 추락한 서문엽은 창으로 괴물의 머리 하나를 꿰뚫었다.

고막이 나갈 것 같은 괴물의 비명.

그런데 그때였다.

괴물의 남은 4개의 머리가 인간의 귀에 들리지 않는 고주파의 비명을 합창하기 시작했다.

'이건?!'

서문엽의 안색이 변했다.

저건 지저인이 자폭할 때 보이는 현상이었다.

"자폭까지 학습했군."

피에트로가 말했다.

타락한 대사제 일당도 경악한 표정이었다.

괴물의 체내에서 대량의 오러가 증폭되기 시작했다.

아주 확실한 자폭의 전조였다.

"터지기 전에 딴 데로 보낼 수 없어? 그때 그 세 번째인가 하는 녀석처럼."

피에트로는 고개를 저었다.

"저항력이 있는 상대는 마음대로 공간 이동으로 보낼 수 없다. 저 괴물은 저 와중에도 아직 오러가 격렬히 저항하는군."

이렇게 되니 곤란해졌다.

"차라리 잘됐다. 우리도 힘이 소진되어서 더 싸우기 버거웠다."

피에트로가 나직이 결론을 내렸다.

서문엽은 고개를 끄덕였다.

"그래, 일단 피하자. 그래도 여럿 족쳤으니까."

사제들을 상당수 죽였고 모으고 있던 괴물 군단도 전멸시켰다. 무엇보다도 저 괴이한 괴물을 처치하지 않았나. 예언의 괴물이 얼마나 대단한 능력을 가졌는지 알게 되기도 했다.

정작 중요 인물을 처치하지 못한 게 아쉬웠지만 여기까지였다.

서문엽은 귀환석을 꺼냈다.

피에트로는 서문엽의 어깨에 손을 얹고 공간 이동을 펼칠 준비를 했다.

그 전에 타락한 대사제 쪽을 보며 한마디 말을 남겼다.

"깨달아라, 첫 번째여. 너희가 잘못되었음을."

파앗!

그렇게 서문엽과 피에트로는 사라졌다.

*　　*　　*

서문엽이 개인 공간으로 썼던 던전의 출입구 앞에 도착했다.

이제야 간신히 격전을 마치고 한숨 돌릴까 싶을 타이밍.

그러나 서문엽은 급히 소리쳤다.

"다시 그리로 가자!"

"뭐?"

"어서!!"

의아함을 느꼈던 피에트로. 그러나 곧 서문엽의 의도를 알아차렸다.

"좋은 생각이다."

파앗!

두 사람은 다시 공간 이동으로 신전에 갔다.

신전은 여전히 붕괴되고 있었고, 괴물은 자폭 직전이었다.

    타락한 대사제 일당은 공간 이동으로 도망쳤는지 보이지 않
았다.

"이동 흔적을 읽어!"

"따라와라. 바로 떠나야 하니까."

피에트로는 재빨리 타락한 대사제 일당이 있었던 자리로
갔다.

그리고 그곳에 남아 있는 공간 이동의 흔적을 분석했다.

시간 싸움이었다.

괴물이 곧 터질 것 같아서 조마조마했다.

열심히 집중했던 피에트로가 이윽고 고개를 끄덕였다.

"읽었다!"

역시나 지저 문명 최고의 천재답게 빨랐다.

"그럼 쫓아가야지."

"어디까지나 기습이다. 싸움을 더 지속할 힘이 남아 있지
않아."

"나도 알아."

두 사람은 다시 공간 이동을 썼다.

타락한 대사제 일당이 도망친 곳으로.

파앗!

두 사람이 사라짐과 동시에 괴물이 마침내 폭발했다.

엄청난 폭발이 신전을 삽시간에 잡아먹었다.

                    *         *         *


　두 사람이 도착한 곳은 만인릉을 연상케 하는 무덤 도시였
다.

　그러나 만인릉처럼 규모가 크거나 순장당한 지저인들이 있
는 것은 아니었다.

　그냥 평범한 왕의 무덤 정도였다.

　을씨년스러운 정적만이 있는 무덤 도시에 한 무리의 일당
이 보였다.

　바로 피신해 온 타락한 대사제 일행이었다.

　그들은 서문엽과 피에트로를 보자 깜짝 놀랐다.

　─속았구나!

　타락한 대사제가 소리쳤다.

　"죽어, 새꺄!"

　서문엽은 재빨리 영체로 변신하고는 타락한 대사제에게로
날아갔다.

　긴장이 풀려 무방비 상태가 된 적들에게 가하는 불시의 기
습.

　순간적으로 떠올린 서문엽의 작전이 성공을 거두기 직전이
었다.

　그때, 누군가가 타락한 대사제의 앞을 가로막았다.

　바로 다섯째 상급 사제.

그는 있는 힘을 다해 오러 보호막을 겹겹이 펼쳤다.

콰쾅! 쾅! 콰쾅!

서문엽은 단숨에 모든 보호막을 부수고는.

콰직!

다섯째 상급 사제의 몸통을 창으로 꿰뚫어 버렸다.

―꺼어어억!

다섯째 상급 사제는 치명상을 입었다.

하지만 그와 함께 서문엽도 영체화의 남은 시간이 5초밖에 남지 않았다.

―다섯째!!

그 덕에 싸울 태세를 갖춘 타락한 대사제가 절규했다.

다섯째 상급 사제는 죽어가면서 타락한 대사제를 바라보았다.

―어느 쪽이 옳은지 모르겠어. 내 목숨을 너에게 걸어본다. 부디 우리의 목적을⋯⋯.

다섯째 상급 사제는 고개를 떨어뜨리며 숨졌다.

―네 이놈!!

악에 받친 타락한 대사제가 노호성을 터뜨리며 서문엽에게 덤벼들었다.

오러가 얼마 없는 서문엽은 영체화를 풀고 무기 영체화로 전환해 맞섰다.

그러나 기습으로 끝낼 생각이었기에 대항하면서 물러섰다.

이에 피에트로까지 끼어들자 타락한 대사제도 물러날 수밖에 없었다.

"내가 그냥 갈 줄 알았지? 근데 난 던전에서 성과 없이 나온 적이 없어."

서문엽이 낄낄거리며 웃었다. 눈빛은 폭력적인 광기로 흉흉히 빛나고 있었다.

"이게 나야. 또 보면 그땐 넌 죽는 거야."

파앗!

그렇게 정말로 싸움이 끝이 났다.

## 제3장
# 영혼의 만남

그렇게 정말로 싸움이 끝이 났다.

서문엽이나 피에트로나 오러가 고갈된 상태여서 더 싸울 여력이 없었다.

공간 이동으로 탈출해 지상으로 돌아온 두 사람은 맑은 하늘을 올려다보며 털썩 주저앉았다.

"아이고, 진이 다 빠진다."

서문엽은 아예 드러누웠다.

음침한 지저에만 있다가 햇볕과 바람과 산이 있는 맑은 공기를 마시니 마음이 치유되는 기분이었다.

피에트로도 피곤하긴 마찬가지였다.

무리하게 많은 오러를 소모한 탓에 안색이 창백하게 질릴 정도였다.

"좀 쉬고 회복한 뒤에 다시 거기 가볼까?"

서문엽의 제안에 피에트로는 고개를 저었다.

"소용없다. 바보들도 아니고 이번에는 흔적을 완전히 지웠겠지. 중간 지점을 거쳐 가고 그 중간 지점을 붕괴시키면 더 이상 찾을 수 없게 되는 거다."

그 말에 서문엽도 납득했다.

애초에 중간 지점을 만들어서 이동했을 정도로 신중했던 놈들이 그 정도 발상도 못 할 리는 없었다.

"그런데 이러면 이제 녀석들을 추적할 수 있는 연결 고리가 없어진 거 아냐?"

"그렇지."

"에휴."

"대신 그쪽도 괴물 제작에 특기가 있었던 다섯째가 죽었다. 앞으로는 사령 언데드로 괴물을 만들더라도 그 정도로 강력한 것은 불가능하다."

타락한 대사제를 처치한다는 목적은 실패했지만, 엄밀히 따지면 이번 싸움은 엄청난 대승이었다.

그들이 오랫동안 준비한 미완성 괴물도 처치했고, 타락한 대사제를 따르던 사제들도 다수 처치했다.

거기다가 주요 측근인 다섯째 상급 사제를 처치한 것이 최대 성과. 막판에 다시 되돌아가 추적, 기습한 판단이 빛을 발한 것이었다.

"아무튼 중요한 사실을 알았다. 지금까지 그 괴물을 만들고 있었다는 것은……."

"아직 문을 열 방법을 모른다는 거지?"

서문엽이 말을 이어 받았다.

피에트로는 고개를 끄덕였다.

"정확히는 예언의 괴물이 아직 시공간에 대한 이해력이 전혀 없어 보인다."

설명이 계속되었다.

"버려진 세계는 우연이라도 진입할 수 없도록 선조들이 봉인한 지역이다. 중간 지점에 오러 역장을 발생시킨 것을 봤지? 그것과 비슷한 개념이라고 보면 된다."

"그래서 첫 번째 상급 사제도 공간 이동을 써서 그쪽으로 갈 수가 없는 거구나."

"어딘지 모르는데 갈 수도 없을뿐더러, 단단히 봉인되어 있으니 찾을 수조차 없지."

"그럼 문은 어떻게 열지?"

"봉인을 일시적으로 해제하면서 버려진 세계와 연결시키는 터널을 문이라고 예언에 표현한 것이다. 그렇게 하려면 결국은 버려진 세계의 위치를 알아내야 해. 남아 있는 기록을 통해서든, 아니면 예언의 괴물이 자기 위치를 알려주든지."

"기록 같은 것은 이제 남아 있지 않겠지?"

혹시라도 남아 있는 기록을 타락한 대사제가 입수하면 큰 일이었다.

"버려진 세계는 애당초 숨기려 했던 역사이고, 그나마 남은 기록도 만인룡 황제가 싸움이 끝나고 지워 버렸겠지. 다시는 문을 열지 못하게."

결국 문을 열 방법은 예언의 괴물이 자기 위치를 알려주어서 문을 열게 하는 것뿐이었다.

그런데 예언의 괴물은 시공간에 대한 이해가 전혀 없어 자기 위치도 어딘지 모르고 표현할 방법도 없는 것이다.

거기까지 이야기를 들은 서문엽은 곰곰이 생각하다가 입을 열었다.

"그럼 시공간에 대한 지식을 첫 번째가 가르쳐 주고 있는 건가?"

"그게 재미있는 부분이지."

피에트로가 보기 드물게 미소를 지었다.

물론 싸늘한 냉소였다.

"놈은 태초의 빛으로 가장하고 있다. 그런데 모르니까 가르쳐 달라고 할 수가 있을까?"

"못 하지. 정체가 들통나니까."

한 점 의심 없이 신념이 확고해 보였던 타락한 대사제의 태도를 생각하면, 아직 놈은 본색을 드러내지 않았다.

그러다가 서문엽은 분석안에 있었던 타락한 대사제의 특이점을 떠올렸다.

—서약: 먼 시공 너머에 있는 어떤 존재에게 영혼을 저당 잡힌 충성을 맹세하고, 대가로 한계를 뛰어넘은 오러를 얻는다.

"그런데 이미 첫 번째는 그놈과 떼려야 뗄 수 없는 관계가 된 것 같은데?"

"영혼을 걸고 서약을 했겠지. 본래 사제들이 태초의 빛께 하는 의식이다. 태초의 빛께 직접 서약할 수 있는 것은 대사제뿐이지만, 그분께 아직 닿지 못하는 일반 사제들도 스스로 서약을 하며 태초의 빛을 따르는 영령들의 지지를 받는다. 그렇게 해서 신념도 강해지고 종종 오러도 강해지지."

왕년에 대사제였던 피에트로도, 여왕도 태초의 빛으로부터 힘을 얻어 강한 오러를 손에 넣은 케이스였다.

그런데 그것을 예언의 괴물이 흉내 낸 것이었다.

"하지만 설사 자신의 영혼이 걸려 있다 해도, 첫 번째라면 놈이 태초의 빛이 아니었다는 것을 알게 되면 복종하지 않을 것이다."

"자기 영혼이 걸려 있는데도?"

"그 정도로 신념이 강한 아이지. 그래서 더 위험한 거고."

"하지만 그런 타입은 반신반의할 때는 하던 대로 계속 밀어붙이곤 하지."

"그게 문제다. 그러다가 결국은 잘못된 것을 깨닫더라도 스스로를 속이게 되지."

피에트로 자신의 경험담이기도 했다.

"너무 닮았어."

탄식하며 피에트로는 한숨을 쉬었다.

"일단은 여왕에게 가서 오늘 일을 보고하자."

그 제안에 고개를 끄덕인 피에트로는 귀환석을 활용한 공간 이동으로 함께 여왕의 거처로 이동했다.

"무사하셨군요!"

두 사람을 맞이하는 여왕의 표정이 무척 밝았다. 두 사람을 잃게 될지도 모른다는 불안감을 느꼈던 모양이다.

"실종됐던 당신 수하는 죽었소."

피에트로의 직설적인 말에 여왕은 침통한 얼굴이 됐다.

"짐작했어요."

"그리고 놈들의 목적을 알아냈소."

그들은 오늘 있었던 싸움을 자세히 들려주었다.

이야기를 들은 여왕은 안색이 어두워졌다.

"목적이 뭔지 확실히 알 것 같네요."

서문엽은 고개를 갸웃거렸다.

"글쎄? 혹시 걔들은 문을 열지 못하니까 아예 사령 언데드 괴물을 만드는 방식으로 영혼만 이쪽으로 건너오려는 거 아닐까?"

"아냐."

"아니에요."

피에트로와 여왕이 동시에 답했다. 서문엽은 순간 삐칠 뻔했다.

"예언은 틀리지 않아요."

"아무리 괴물을 잘 만들어도 그놈의 본래 힘을 재현할 수는 없다. 거기다가 괴물은 무엇보다도 생존에 대한 집착이 강하다. 스스로 죽고 언데드가 되는 선택을 할 리가 없지."

"근데 지금 걔들이 하는 게 그거밖에 없잖아?"

이에 피에트로가 말했다.

"다른 방법이 없으니 사령을 원격으로 조종하는 방식을 통해서 이쪽을 살펴보며 시공간에 대한 지식을 알아낼 생각이겠지. 물리적인 거리상으로는 아주 멀지만, 영혼을 보내는 것은 가능하니까."

이 부분은 설명을 들어도 잘 이해가 되지 않는 서문엽이었다. 아무래도 지저인이 아니다 보니 영혼을 어떻게 다루느니 마느니 하는 것들이 인간으로서는 잘 공감이 되지 않았다.

그런데 서문엽은 문득 어떤 생각이 떠올랐다.

"아! 너, 그 자식 만난 적 있다며?"

"누굴 말이냐?"

"예언의 괴물."

그 말에 피에트로는 침묵했다.

그럴 수밖에 없는 것이, 그때 느꼈던 두려움의 후유증으로 피에트로는 다시는 영령계로 들어가지 않았다고 했다.

개인적으로는 언급하기도 싫었을 터였다.

하지만 서문엽은 재차 말했다.

"다시 그 자식 만나봐. 만나서 얘기라도 나눠봐. 탐색전인 셈이지."

"으음……."

피에트로는 나직이 신음했다. 내키지 않는다는 태도였다.

하지만 이제는 실마리가 모두 끊긴 상황.

이제 타락한 대사제를 쫓을 방법이라고는 넓은 지저 세계를 탐사하고 다니는 것뿐이었다.

지푸라기라도 잡는 심정이지만, 아예 직접 당사자를 만나보는 것도 좋은 생각이긴 했다.

아무리 추측을 남발해 봤자 직접 만나보는 것만 못한 것이다.

여왕은 차마 강요는 못 하겠고, 그렇다고 다른 방법도 없으니 그냥 간절히 피에트로를 바라만 볼 뿐이었다.

하지만 배려 따윈 없는 서문엽은 계속 밀어붙였다.

"인마, 쫄았냐? 야, 내가 갈 수 있었으면 진작 가서 만나봤다!"

"남의 일이라고 쉽게 말하는군."

"야, 전쟁 때 너희가 왜 나한테 졌는지 알아?"

피에트로는 기분 나쁘다는 표정을 지었다.

그러거나 말거나 서문엽이 계속 말했다.

"너희는 계속 태초의 빛이니 뭐니 하면서 정신적으로 의지하잖아. 근데 난 그딴 거 없어. 다 내 힘이고 내 책임이고 내 판단이야."

"……"

"그때 만났을 때는 두려웠다고 했지? 근데 그때 너는 태초의 빛을 찾아가려고 했었어. 당연히 경계심이 모두 해제된 경건한 마음가짐이었겠지. 심적으로 쫓길 시기이기도 했고. 하지만 지금은 다르잖아? 이번엔 마음에 힘 빡 주고 가보라고."

피에트로는 더 고심하더니 이윽고 고개를 끄덕였다.

"한번 해보지."

"진심이신가요?"

여왕이 걱정스레 물었다.

그녀도 태초의 빛을 찾아 영령계를 깊숙이 접속해 본 터라 두려움에 공감이 가는 모양이었다.

"이제는 더 버릴 것도 없는 신세라고 생각했었는데."

피에트로는 쓸쓸히 미소 지었다.

"빛이 내리는 땅에 오고 나서 새삼 삶에 대한 미련이 생겼나 보오."

피에트로는 창밖에 보이는 아름다운 산맥의 풍경을 바라보았다.

"밝게 내리쬐는 자연의 빛도, 깊이가 보이지도 않을 정도로 무한한 우주가 펼쳐진 하늘도, 내게는 이 자연의 모든 것이 바라만 보아도 축복이고 행복이었소."

"그렇다고 왜 곧 죽을 것처럼 복선 깔고 지랄이야?"

서문엽이 구시렁거렸다.

피에트로는 피식 웃고 말했다.

"오늘 밤에 하지. 준비할 게 있으니까."

그날, 피에트로는 땅에 마법진을 그리기 시작했다.

손으로 직접 둥근 원과 그 안의 기하학적인 패턴을 새기기 시작한 것.

서문엽은 이를 보며 고개를 갸웃거렸다.

"왜 땅에다 직접 그리지? 원래는 그냥 한 번에 딱, 하고 오러로 만들었으면서."

옆에서 여왕이 답했다.

"영령계에 접속한 동안에는 오러를 쓸 수 없으니까 저렇게 하는 것 같아요. 대체 무슨 구조인지는 전혀 짐작도 안 가지만요."

여왕은 피에트로가 그리는 마법진을 보며 감탄을 거듭하고 있었다.

오러의 흐름을 나타내는 마법진의 내부 구조가 여왕씩이나 되는 지저인이 보기에도 너무 복잡하고 수준 높아서 그런 듯했다.

하루 종일 거기에 전념했던 피에트로가 그날 밤에 마법진을 완성했다.

"이제 됐소."

피에트로는 땅에 깊숙이 그려놓은 마법진 위에 앉았다.

그러고는 뜬금없이 서문엽에게 손짓했다.

"서문엽, 이리로 와라."

"잉? 난 왜?"

"와서 내 손을 잡아."

"아, 왜!"

서문엽은 몹시 꺼리는 반응을 보였다.

남자 손을 잡기 싫은 것은 둘째 치고, 왠지 함께 영령계로 끌려갈 것 같은 꺼림칙한 예감이 들었던 것이다. 공간 이동을 함께할 때도 서로 접촉해 있어야 하지 않은가.

피에트로는 그런 서문엽을 한심하게 쳐다봤다.

"겁나나?"

"크흠! 겁나는 건 아니고, 그냥 싫어서 그렇지."

"꼭 필요한 일이니 시키는 대로 해라."

"에이 씨, 이상한 건 아니지?"

"네게는 아무 영향도 없다. 그냥 계속 잡고 있으면 된다."

"하는 수 없지."

서문엽은 옆에 앉은 채 피에트로의 손을 잡았다.

"그럼 간다."

"가, 같이 가는 것처럼 얘기하지 말래?"

"멍청한 놈, 나 혼자 간다."

피에트로는 눈을 감았다.


―명상: 영령계로 접속해 선조의 영령과 감응한다.


사제라면 누구나 할 수 있지만, 초능력으로 분석안에 나와 있는 경우는 거의 보지 못했다.

이는 그만큼 피에트로가 명상에 남다른 조예가 있다는 뜻이었다.

괴물 제작은 누구나 할 수 있지만, 초능력으로 분석안에 나와 있을 정도였던 다섯째 상급 사제처럼 말이다.

이윽고 피에트로의 고개가 툭 떨어졌다.

그대로 영령계로 접속한 것이었다.


*     *     *


피에트로는 영령계로 접속했다.

그곳은 눈으로 보지도, 귀로 듣지도 못하는 곳이었다.

육체를 두고 영혼만 접속하므로 감각 기관으로 가늠할 수 있는 세계가 아닌 것이다.

다만 말로는 형용할 수 없는 어떤 육감만이 영령계에서 의

존할 수 있는 유일한 감각이었다.

영령계에 접속하자 가장 먼저 육감에 포착되는 수많은 영령들이 있었다.

무척 많은 영령들.

다들 죽은 지 얼마 되지 않았던 탓에 영령계 가장 초입에 몰려 있었다.

피에트로는 서글퍼졌다.

바로 지저 문명이 몰락하면서 죽은 지저인들의 영령이었기 때문이다.

많은 영령들이 그에게 관심을 보였다. 그가 누군지 알았기 때문이었다.

그의 영혼에는 숨기려야 숨길 수가 없는 강렬한 존재감이 있었다. 많은 주목과 관심을 받고, 누군가는 말을 걸려고도 했다.

하지만 갈 길이 바쁜 피에트로는 그들을 빠르게 지나쳤다.

그런데 그때였다.

[대사제 아니시오?]

누군가가 피에트로에게 말을 건넸다.

목소리가 워낙에 또렷해서 주목할 수밖에 없었다.

영령은 시간이 지날수록 점차 존재감이 흐려지기 때문에 강인한 영혼이 아니면 죽은 지 얼마 되지 않았다 하더라도 이 정도의 존재감을 보일 수 없었다.

[낯이 익은 존재감인데, 누구시오?]

[보좌요. 날 기억하시오?]

보좌.

그 말에 피에트로는 흠칫했다.

보좌라는 역할을 가진 지저인은 지저 문명에서 단 한 명뿐이었다.

바로 여왕을 보좌하는 자.

어리고 힘없던 여왕을 보호하며, 대사제였던 피에트로의 인류 박멸 계획에 우려를 표했던 인사였다.

그 당시 대사제의 권력과 위상이 절대적이어서 차마 대놓고 반대를 표하지는 못했지만, 완곡하게 반대의 목소리를 냈었다.

[기억나오. 기억날 수밖에. 내 전쟁 계획에 반대하지 않았소. 태초의 빛의 말씀을 폭력과 결부 짓는 건 옳지 않다고 주장했지. 결국 당신이 옳았소, 보좌.]

그 말에 보좌는 쑥스러워했다.

[그렇게 당당하게 반대를 표할 용기가 있었으면 하고 아쉬워하고 있소. 작은 목소리로 완곡하게 반대했지.]

[그때는 올바른 말을 하는 자가 별로 없었지. 아무튼 사과하겠소.]

피에트로는 정치적으로 반대편이었던 그에게 압력을 가했던 일이 생각나 사과했다.

[지난 일은 이제 괜찮소. 그런데 어디로 가시오? 찾는 이가 있소?]

이 부근에서 찾는 영령이 있다면 도와줄 생각인 모양이었다.

그의 호의를 느꼈지만 피에트로는 보좌가 도울 수 없는 곳으로 가는 길이었다.

[깊은 곳으로 가오.]

[혹, 태초의 빛께서 계시는 곳에?]

[아니오.]

피에트로는 부인했다.

[난 그럴 자격이 없고, 태초의 빛께서는 이미 여왕을 선택하셨소.]

[여, 여왕께서!]

보좌가 놀라워했다.

[고백컨대 여왕은 이미 성역이 붕괴되기 3년 전에 태초의 빛의 선택을 받으셨소.]

그 말은 그 시점부터 자신은 이미 정당한 대사제가 아니었다는 고백이었다.

[허어……]

보좌는 놀라워했다.

짐작은 했다. 태초의 빛의 뜻을 올바로 따랐다면 이런 재앙적인 결과가 나왔을 리가 없으니까.

[당신도 참 힘들었겠소.]

보좌는 뜻밖에도 위로했다.

피에트로는 이에 고마움을 느꼈다.

[그 문제로 위로를 받은 것은 처음이오.]

피에트로는 잠시 보좌와 이야기를 나눴다.

여왕이 선지자이며, 지저인 유랑민을 거두어 빛이 내리는 땅에 마련한 거처에서 살게 하고 있다는 소식을 들려주었다.

그 이야기를 들은 보좌는 기뻐했다.

[내 그럴 줄 알았소. 언젠가는 훌륭한 일을 하실 줄 알았단 말이오.]

성장한 여왕에 대하여 한참을 기뻐하던 보좌는 다시 의문을 표했다.

[그럼 당신은 어디로 가시오?]

[태초의 빛 이외의 어떤 영령도 더 이상 존재하지 않는 깊은 곳에 가고 있소.]

[그 정도면 제정(帝政) 시절보다 더 오래된 곳 아니오?]

[맞소.]

[제정 시절의 영령분들도 얼마 안 남으셨는데, 그보다 더 깊은 곳에 누가 있단 말이오?]

[태초의 빛을 가장한 사악한 것이 있소.]

보좌는 충격받은 감정을 표출했다. 지저인으로서는 상상도 할 수 없는 행위였기 때문이다.

[어떤 미친 영령이 그런 짓을 한단 말이오?]

[영령도 아니오. 아직 죽지 않았으니까.]

놀란 보좌에게 자초지종을 짧게 설명했다.

영령계는 바깥의 시간 흐름과 상관없는 곳이었기 때문에 그와 오래 대화를 나눠도 시간을 뺏길 일은 없었다. 또한 보좌는 현명한 이였기 때문에 그의 의견도 듣고 싶었던 피에트로였다.

[다행히 이제 남은 상급 사제는 첫 번째뿐이구려. 서문엽이라, 그 흉악한 인간이 큰일을 해냈군.]

보좌에게서 떨떠름한 감정이 전달되었다.

서문엽에 대한 깊은 거부감은 지저인의 공통적인 인식이었다.

[난 서문엽을 본 적이 있소. 그 인간에게 죽었으니까.]

보좌는 살아생전에 전쟁에 차출되었다. 그리고 지저인들이 흔히 그렇듯 서문엽에 의해 목숨을 잃었다.

[피차 싸워야 할 이유가 있었으니까 원한은 없소. 다만 내가 본 그자는 강렬한 폭력성과 투쟁심을 지녔소. 그 정도가 지나쳐.]

[그건 알고 있습니다.]

대사제였던 시절에 서문엽과 싸워봤던 피에트로였다.

못 이길 상대는 아니었다. 대사제 자신이 가진 엄청난 오러와 기술로 충분히 압도할 수 있었다.

그럼에도 서문엽은 어떻게든 이기고야 말겠다는 무서운 투쟁심을 바탕으로 한 치밀한 전술로 승리를 거두었다.

[전쟁 시기에 살았으니 망정이지, 그는 평화를 견디지 못할 거요. 얘기를 들어보니 당신과 친하게 지내는 모양인데, 내 생각에 이는 당연하오.]

[어째서 그렇습니까?]

[당신에게 고마워하고 있으니까.]

피에트로는 왠지 그 말에 공감 가는 기분이 들었다.

[전쟁 속에서 살게 해줘서 고마울 거요. 같은 동족이 수없이 죽었지만 서문엽은 신경도 안 쓸 거요.]

피에트로는 서문엽이 어린 시절을 불운과 분노로 보낸 것을 알고 있었다. 아마 그 영향으로 투쟁심만이 원동력이 되는 인간으로 자랐다고 추측했다.

보좌가 말했다.

[하지만 별수 없나 보오.]

[무슨?]

[그쯤은 되어야 예언에 언급된 괴물에 대적할 수 있다고 태초의 빛께서는 생각하셨던 게 아니겠소.]

[그건 맞소. 그 괴물에게 대적할 수 있는 희망이 있다면 서문엽뿐이지.]

피에트로도 동의했다.

그러고 보면 투쟁심의 측면에서는 만인룡의 황제와도 닮았다는 생각이 들었다. 이는 우연이 아닐 것이다.

[아무튼 중요한 일을 맡으셨는데, 도울 수 있는 일이 많지 않구려.]

[괜찮소.]

[큰 도움은 안 되겠지만, 내가 당신과 동행하겠소.]

[나와?]

[너무 깊이까지는 갈 수 없지만, 어느 정도까지는 나도 영령계를 다닐 수 있소.]

최대한 깊이까지 피에트로의 영령계 탐사에 동행하겠다는 뜻이었다.

살아 있는 사제들도 영령계를 탐사할 수 있으니, 당연히 영령도 영령계를 다닐 수 있다.

하지만 자신의 존재를 유지하기도 급급한 영령은 기본적으로 돌아다니지 않고 제자리를 유지하려는 습성이 있었다.

그러니 보좌의 제안은 이례적이었다.

[당신은 깊은 곳에 계시는 수많은 영령분들로부터 신뢰를 잃었소.]

[맞소.]

[내가 그분들의 신뢰를 되찾는 것을 돕겠소.]

[그것은 내게 더할 나위 없이 도움이 될 거요.]

피에트로가 고마움을 표했다.

살아생전에 대립 관계였음에도 헌신적으로 도우려는 보좌

의 호의가 느껴졌다.

[뭘, 이런 게 아직 살아 있는 후손을 위한 영령의 역할 아니겠소. 더구나 여왕 폐하를 위한 일이기도 하고.]

피에트로는 보좌와 함께 영령계 탐사를 재개했다.

깊이 나아가자 피에트로가 더 이상 영령의 일격에 동원할 수 없는 고대의 영령들이 나타났다.

그들 대부분은 제정 시절에 살았던 지저인들의 영령이었다.

피에트로는 유명 인사였다.

태초의 빛의 신뢰를 잃었고, 끔찍한 전쟁을 일으켜 대량의 사상자를 낳았으며, 후손을 완전히 몰락시켰다.

'이래서 다시는 영령계에 오기 싫었던 것도 있지.'

여기저기서 느껴지는 자신을 향한 악감정에 몸서리쳐졌다.

누군가로부터 악의를 받는 것이 두렵지는 않았지만, 자신 스스로가 부끄럽게 여겼기 때문에 고통스러웠다.

그런데 동행했던 보좌가 선조의 영령들에게 인사를 하며 피에트로에 대한 변호를 해주었다.

[그는 지금 여왕 폐하를 도와 태초의 빛께서 우려하신 재앙을 막고자 노력하고 있습니다. 태초의 빛을 따른다면 그에게 힘이 되어줘야 합니다.]

보좌 덕에 선조 영령들의 분노가 수그러들었다.

그보다 선조들은 태초의 빛이 전한 예언에 관심을 보였다.

[버려진 세계에 그런 비밀이 있었던가?]

[우리는 전혀 몰랐어. 오래전에 장기 집권을 했던 폭군은 알고 있지만.]

[만인릉을 건설한 그 끔찍한 황제에 대한 모든 것을 지우기 위해 사제들이 많은 노력을 기울였지. 그런데 그 탓에 중요한 것을 함께 묻어버렸군.]

[나는 상급 사제였다. 나조차도 버려진 세계에 대해 전혀 알지 못했다. 우리가 살았던 시점에서는 모두가 그 일을 알지 못할 정도로 완전히 역사가 폐기됐어.]

선조의 영령들이 두런두런 대화를 나눴다.

그들도 만인릉 황제 시절보다는 훨씬 이후의 시대에 살았기 때문에 버려진 세계에 대해 전혀 알지 못했다.

선조들과 이야기를 마친 보좌는 피에트로에게 말했다.

[미안하지만 난 여기까지요. 이 이상 깊은 곳에 가려면 내 존재가 흐려질지도 모르오.]

영령은 남아 있는 형체가 없기 때문에 자아 정체성을 잃기 쉽다.

특히나 자신이 있던 시대에서 벗어나면 더더욱 말이다.

그래서 영령은 자기 시대에 머물며 동시대의 영령들과 어울리면서 자아를 유지하려 애쓴다.

그 사정을 잘 알고 있는 피에트로는 감사를 표했다.

[큰 도움이 됐소.]

선조들이 상당수 피에트로에 대한 악감정을 거두었다.

보좌는 자신이 누구였는지 잊어버리기 전에 재빨리 원래 있던 곳으로 되돌아갔다.

헤어진 후에 다시 깊은 곳으로 나아가려 했을 때였다.

[후대의 대사제여.]

살아생전 상급 사제였다는 고대 영령이 피에트로를 불러 세웠다.

[전 더 이상 대사제가 아닙니다.]

[그건 됐다. 조금 더 깊이에 가면 내가 모셨던 대사제님이 계신다. 그분께 도움을 청해봐라.]

[도움받을 일이 있을까요?]

[그분은 특별한 분이셨어. 버려진 세계에 대해서는 그분도 모르시겠지만, 그분이라면 분명 무언가 도움을 주실 거야.]

[제가 그분을 알아볼 수 있을까요?]

[보면 안다. 거기서 가장 존재가 강한 영령을 찾으면 되니까.]

[알겠습니다. 감사합니다.]

피에트로는 조금 더 깊은 곳에서 상급 사제의 영령이 말한 고대의 대사제를 찾았다.

정말로 고대 시절부터 존재했던 영령이라고는 생각도 안 될 정도로 강한 존재감을 가진 영령이 있었다.

[안녕하십니까, 대사제님.]

[호오, 너는 한참 후대의 대사제 아니냐.]

[지금은 자격을 잃었죠.]

[흐흐흐, 사고를 거하게 쳤으니 그렇지. 나도 젊을 땐 너처럼 똑똑하고 과감했지. 다행히 나 때는 태초의 빛께서 딱히 예언을 내리신 게 없어서 사고 치지 않고 잘 살다 왔어.]

고대의 대사제는 유쾌한 성격의 소유자였다.

피에트로는 자세한 사정을 설명하고서, 상급 사제의 소개를 받고 찾아뵈었다고 말을 전했다.

[아하, 그 녀석은 내가 가장 아끼던 아이였어. 역시나 내 제자 중에서 유일하게 아직도 존재를 유지하고 있잖아. 흐음, 그런데 도움이라…….]

[꼭 좀 도와주십시오.]

피에트로가 간절히 청했다. 대체 영령인 그가 무슨 도움을 줄 수 있는지는 모르겠지만, 선조들이 허튼 소리를 하진 않았을 터였다.

이윽고 고대의 대사제가 말했다.

[그 아이가 내 도움을 받으라고 했다면 이유는 하나밖에 없지.]

[무엇입니까?]

고대의 대사제는 쉬이 대답하지 못했다. 갈등하는 기색이었다.

[설마 이걸 인간에게 물려줄 줄은 몰랐는데…….]

　　　　*　　　　*　　　　*

　고대의 대사제는 피에트로에게 어느 시공간의 위치를 알려
주었다.

[여긴?]

[가보면 알 거야. 거기에 보관된 물건을 그 구원자로 지명된
인간에게 전해주어라.]

　아마도 고대의 대사제가 비밀리에 자신의 물건을 보관하기
위해 만든 던전인 모양이었다.

　전대의 왕이나 대사제는 종종 그런 식으로 자신만의 장소
를 만들어두곤 했으니 특별한 일은 아니었다.

　그러나 죽은 지 까마득한 세월이 지난 대사제가 이제 와서
내놓는 물건이 대체 무엇일지가 궁금해졌다.

　고대의 대사제는 연신 투덜거렸다.

[잘 간직했다가 후임 대사제 중에 싹수가 보이는 녀석에게
주려고 놔뒀거늘, 괜히 아꼈다가 인간에게 주게 되었군. 아끼
다 똥 됐다고 해야 할지, 다행이라고 해야 할지 모르겠군.]

[이게 무엇인지 물어봐도 되겠습니까?]

[보면 알아, 그건. 원래 네게 줄까 생각도 했던 물건이다.]

[제게요?]

　놀란 피에트로에게 고대의 대사제는 계속 불만을 나타냈
다.

[역대 후임 대사제들을 계속 지켜봤지만 성에 차는 재능을 가진 아이가 안 나오더군. 그러다가 너를 보았다. 태초의 빛을 만나러 가는 너를 말이다.]

[……]

[재능도 탁월했고, 심지어 막중한 예언도 들었지. 그래서 네게 줘야겠다고 싶었지. 네가 괴물 군단을 만들어 지상을 침공하기 전까지는 말이다.]

[…죄송합니다.]

[에잉, 아무튼 도움은 될 거다.]

[감사합니다.]

감사를 표한 뒤 떠나려 할 때였다.

[조심해라.]

고대의 대사제가 말했다.

[살아 있는 육체를 가졌다 해도 그건 네 본래 몸이 아니지 않으냐.]

[맞습니다.]

[네가 사령이라는 것을 놈은 한눈에 알아볼 것이다. 육체와의 결속력이 약하다는 것까지도.]

[……]

[놈이 네 영혼을 노리고 널 꾈 수도 있다는 것이다.]

피에트로는 걱정해 줘서 감사하다는 감정을 표했다.

[대비를 해놓고 왔습니다.]

[흐흐, 그러냐? 과연 내가 눈여겨봤던 녀석이로다.]

고대의 대사제는 만족스러워하며 피에트로에게 작별을 고했다.

선조들의 신뢰를 다소 되찾은 피에트로는 한결 가뿐한 마음으로 영령계 탐사를 계속할 수 있었다.

깊이.

더 깊이.

이제는 존재감을 유지하는 영령들을 거의 찾아볼 수 없는 깊이에 이르렀다.

[자네는 누구인가? 영령도 아니고 생령도 아닌데. 허, 사령이구먼.]

존재감이 희미해진 영령이 말을 건넨다. 비록 희미해졌으나 단번에 피에트로가 사령임을 알아맞힌 안목은 까마득한 세월 동안 존재한 통찰력을 느끼게 했다.

[예, 맞습니다. 얼마 전까지 대사제였습니다.]

[쯧쯧, 대사제쯤 된 자가 사령이 됐다면 뭔가 안 좋은 일을 했구먼.]

[예, 치명적인 죄를 범했습니다.]

[그럴 수 있는 자리지. 개인의 실수가 자기 자신으로 끝나지 않아.]

[예.]

[자네의 처지에 공감이 되는 것을 보면, 으음. 아마 나도 살

아 생전에는 대사제였거나 비슷한 위치에 있었던 것 같군.]

영령의 존재감이 희미하다는 것은 정체성이 사라져 간다는 뜻이었다.

육체도 물질도 없는 영령계.

이는 자기 자신을 증명할 만한 증거가 아무것도 없다는 뜻이었다.

그러한 곳에서 오랜 세월을 지내면 자연히 자기 자신에 대한 기억도 잊게 된다.

그리고 끝내는 자기가 누구였는지 잊어버린다.

그렇게 영령은 소멸하는 것이다.

[그랬을 것 같습니다. 선조님에게서 대사제의 위엄이 느껴집니다. 부디 제게 지혜를 주십시오.]

피에트로는 공손하게 말했다.

비록 자기가 누군지도 잊어버린 영령이지만, 영령이란 그렇게 무의미한 존재가 아니었다.

비록 자아는 사라지지만, 자신을 버린 대신 지혜를 갈고닦으며 참된 진리를 찾는다.

[사령이 된 지금도 이리도 간절하니, 아직 자신의 소임을 포기하지 않았구나. 갸륵하다. 너는 죄를 씻을 수 있게 될 것이다.]

[감사합니다.]

[네가 누구를 찾아가려 하는지는 알고 있다.]

그 말에 피에트로는 흠칫했다.

[사령이 된 자가 이곳에 왔는데 설마 태초의 빛을 찾아가려 할까.]

[그자, 아니, 그놈에 대해 알고 계십니까?]

[알지는 못한다. 그저 느낄 뿐이지. 생소한 미지의 존재더군.]

자신을 잃어가는 희미한 영령이 계속 말했다.

[미지에 대한 두려움으로 인하여 상대가 크게 보일 수도 있을 것이다. 하지만 항상 명심해라. 올바른 가치관이 없는 지혜는 지혜가 아님을. 놈이 가진 지혜가 진정한 지혜가 아니라는 것을 안다면 실체를 볼 수 있을 것이다.]

[명심하겠습니다.]

영령은 자신의 존재감만큼이나 희미한 기쁨을 보내왔다.

[가라. 그리고 인간으로 살아라.]

[…예.]

영령은 피에트로가 인간이 된 것까지도 알고 있었다. 감히 상상할 수 없는 지혜가 있는 것이리라.

계속 나아갔다.

이제는 어떤 영령도 보이지 않았다.

만인릉 황제보다도 더 오래된 시대의 영역이었다.

당연히 남아 있는 영령이 없었다.

…라고 생각했는데, 문득 피에트로는 한 영령의 존재감을

포착했다.

너무 희미한 나머지 하마터면 놓칠 뻔한 영령이었다.

영령도 피에트로를 발견했지만, 거의 사라져 가는 터라 말도 전하지 못하였다.

피에트로는 안타까움을 느꼈다.

한마디라도 들을 수 있다면 좋으련만.

만인룡 황제보다도 오래된 시대에 살았으니 분명 많은 것을 알고 있었을 터였다.

그러나 이제는 들을 수 없었다.

그런데 그때였다.

영령이 움직였다.

피에트로는 직감적으로 영령이 따라오라고 말하고 있다고 느꼈다.

영령을 따라갔다.

자기 위치를 벗어나자 그렇지 않아도 위태로웠던 영령은 급격히 소멸되기 시작했다.

그러나 영령은 멈추지 않았다.

어디론가 세차게 날아가더니, 그대로 완전히 소멸되어 버렸다.

[아……!]

피에트로는 벅찬 감격을 느꼈다.

소멸된 영령의 잔향이 어느 한 방향을 가리키고 있었다.

'저기로 가라는 거구나. 감사합니다, 선조님.'

자신을 바쳐서 도움을 준 영령에게 감사함을 느끼며, 피에
트로는 그곳으로 향했다.

그곳은 태초의 빛에게 이르는 길이 아니었다.

이미 한 번 태초의 빛을 찾아갔었던 피에트로는 다른 길임
을 알 수 있었다.

'놈이 이상한 곳에 자리를 잡았구나.'

아마도 태초의 빛을 찾아왔다가 길을 잘못 든 자를 꼬드기
려는 속셈일 터.

피에트로는 정신을 바짝 차렸다.

이곳에 이르기까지 수많은 선조의 도움을 받았다. 자신 같
은 죄인이 말이다.

그러니 자신에게는 그들의 기대에 부응할 책임이 있었다.

길을 갈수록 어떤 따스한 온기가 느껴졌다.

아무것도 존재하지 않는 영령계에서 이런 느낌은 처음이었
던 탓에 피에트로는 당황했다.

'이 따스함은 뭐지? 영혼이 느낄 수 있는 어떤 열기가 저 깊
숙한 곳에서 피어오르고 있다.'

기이했다.

마치 자신을 포용하는 듯한 온기라니.

이건 곤란했다.

'다른 이가 이곳에 오면 태초의 빛에게 이르는 길인 줄로 착

각하고 말 거다.'

역시나 위대한 태초의 빛은 다르구나.

여기가 그분에게 닿는 길이구나.

그렇게 착각하기 십상이었다.

첫 번째 상급 사제가 어떻게 속아 넘어갔는지 충분히 짐작할 수 있었다.

이게 예언의 괴물이 펼쳐놓은 함정이라면, 실로 무서운 일이었다.

그 괴물은 적어도 영혼을 다루는 기술에 있어서는 완전히 통달한 것을 넘어, 아예 새 영역을 개척한 수준이었다.

'이 정도였다고?'

먼 시공 저편에서 원격으로 사령 언데드를 만들었을 때도 놀랐다.

사령을 다루는 일에 최고봉이었던 피에트로 자신조차도 불가능한 일이었으니까.

심지어 영령계까지 건드리다니.

이것은 흡사 태초의 빛을 연상케 하는 지고한 수준이 아닌가!

'정말 괴물이 맞나?'

피에트로는 의심이 들기 시작했다.

태생이 괴물인 것 확실하다.

버려진 세계에 끝없이 증식한 괴물들 중 하나가 진화하여서 지혜를 터득했을 테니까. 그것은 여러 정황상 확실하다.

하지만 태생이 괴물이었다는 이유로, 단지 괴물일 뿐이라고 말할 수 있을까?

실은 지성체로 평가해야 하지 않을까?

괴물로 출발했지만 지금은 지고한 지성체가 된 존재가 아닐까?

생각해 보면 그 고대 시절부터 지금까지 살아 있으면서 지혜를 축적했으니, 오늘 만났던 수많은 선조님보다도 위대한 존재가 된 것이 아니겠는가?

'우리가 인간을 하찮게 보았듯이, 그 괴물의 눈에도 우리가 그렇게 보이는 것은 아닐까?'

자신의 뜻대로 조종되는 첫 번째를 보며 조롱 어린 미소를 짓고 있는 것은 아닐까.

상대가 상상보다 더한 존재라는 생각에 무거운 압박감이 생겼다.

'이대로 놈을 만나도 되는 걸까?'

그 앞에 서면 자기 자신이 무척 작고 초라해질 것 같아서 두려웠다.

그런데 그때, 앞서 존재가 희미해진 오래된 선조가 들려준 조언이 떠올랐다.

[미지에 대한 두려움으로 인하여 상대가 크게 보일 수도 있을

것이다.]

'아!'
피에트로는 자신이 바로 그 상태임을 깨달았다.

[올바른 가치관이 없는 지혜는 지혜가 아님을.]

피에트로는 정신을 차렸다.
'냉정해지자. 놈은 위대한 존재가 아니다. 그저 지금껏 본
적 없는 미지의 존재일 뿐이다.'
미지에 대한 두려움에 괴물을 너무 큰 존재로 과대평가한
셈이었다.
필요한 조언을 적절하게 해준 선조에 대한 감사함과 경외를
느꼈다.
'일단 놈을 만나보자.'
더욱 깊이 나아갔다.
열기가 점점 강하게 느껴졌으나, 피에트로는 개의치 않았
다.
'처음 겪는 일일 뿐, 당황할 것은 아니다. 그냥 날 속이려는
수단일 뿐이야.'
얼마나 깊이 갔을까.
돌연 어떤 거대한 존재감이 느껴지기 시작했다.

희미한 영령들만 보았다가 갑자기 엄청나게 강렬한 존재감을 느끼자 마음이 동요되었다.

하지만 피에트로는 이내 동요되는 마음을 가라앉혔다.

극도의 냉정함으로 무장한 피에트로.

그런 그에게 미지의 존재가 말을 건넸다.

[나의 아이야.]

무척 따스한 온기가 느껴지는 말이었다.

피에트로는 소름이 돋았다.

순간적으로 태초의 빛이 아닐까 하는 생각이 스쳤던 것.

정확히는 태초의 빛이라고 믿고 싶다는 마음이 일어나서 당혹스러웠던 것이다.

'이놈이 사제들의 약점을 철저하게 파고드는구나.'

이건 첫 번째 상급 사제가 속을 수밖에 없었다.

피에트로가 대사제였던 시절에 잠깐 만났을 때는 운이 좋았다.

그때 피에트로는 이미 태초의 빛을 만나봤었고, 상대는 지금처럼 치밀하지 못했다.

그 덕에 속지 않았지만, 다른 사제들은 영락없이 넘어갈 터였다.

[네 정체를 알고 있다. 멋진 재주를 부리더군.]

피에트로가 말했다.

그러자.

상대측에서 웃는 감정이 느껴졌다.

존재감이 강렬한 탓에 감정도 강렬하게 표출되어 해일처럼 물씬 밀려왔다.

'기쁨? 왜 기뻐하지?'

[멋졌나? 기쁘구나.]

[무엇이 기쁜가?]

[난 그것이 멋진 재주인지 하찮은 재주인지 모른다.]

[…….]

[칭찬을 하든, 비웃든, 누군가의 평가를 듣고 싶었지. 그런 게 바로 소통이 아니냐.]

[소통…….]

[그렇다. 소통이 하고 싶었다. 지혜라는 것을 조금이라도 갖고 있는 존재와 말이다.]

피에트로의 머릿속에 섬광처럼 무언가가 스쳤다.

[너는 외롭나?]

[외롭다?]

그 말을 곱씹은 미지의 존재는 이윽고 기뻐했다.

[그래. 외롭다는 것이군. 맞아. 이 감정이 바로 외로움이었어.]

미지의 존재는 방금 외로움이라는 감정을 새로 학습했다.

[나를 따르는 놈들이 득시글거려서 몰랐던 거야. 이게 바로 고독이라는 것임을. 아무도 나의 위대한 지혜를 알지 못하니,

이토록 위대해진들 무슨 의미가 있는 것이냐?]

피에트로는 선조의 조언을 다시 떠올렸다.


[놈이 가진 지혜가 진정한 지혜가 아니라는 것을 안다면 실체
를 볼 수 있을 것이다.]


'그렇구나.'

피에트로는 놈이 가진 게 지혜가 아니라는 것을 깨달았다.

도리어 어리석음에 가까웠다.

[넌 누구냐?]

피에트로가 물었다.

미지의 존재가 답했다.

[음, 나도 그것을 오랫동안 고민했지. 그러다가 어떤 경험을
계기로 날 뭐라고 정의할지 떠올렸다.]

[……?]

[나는 왕이다. 그 외에 나를 정의 내릴 개념은 없다.]


\*            \*            \*


왕.

미지의 존재이자 예언의 괴물은 스스로를 그렇게 정의 내렸
다.

'만인룡 황제와 전쟁을 벌일 때 군주라는 개념을 배웠나 보군.'

처음으로 지저 문명과 조우해 전쟁을 벌였던 경험이, 예언의 괴물에게는 많은 학습의 기회였던 것.

[나는 왕이다. 너는 누구냐?]

왕이 물었다.

피에트로가 답했다.

[설명하기 복잡하지만, 전에는 대사제였고 지금은 인간이다.]

[네가 지금은 다른 종족의 몸에 깃들어 있는 건 안다. 그런 몸을 가진 종족을 인간이라고 하나 보군. 듣기로 인간은 간악하고 미개하다던데, 한쪽에 치우친 말을 온전히 믿을 수는 없더군. 인간은 어떤 종족이냐?]

왕은 호기심을 드러냈다.

자기가 몰랐던 새로운 정보를 발견할 때마다 못내 궁금해하는 태도를 보였다.

[서로 진화 방식이 달라 부족해 보이는 부분도 있지만, 지성을 가진 종족이다.]

[진화?]

왕이 또 호기심을 드러냈다.

궁금해하는 키워드가 참 많았다.

피에트로는 왕이 어떻게 영혼을 다루는 기술을 엄청난 수준으로 습득한 것인지 알 수 있었다.

지성이 없는 괴물들.

그 사이에 홀로 지성을 갖춘 왕.

그것은 끔찍한 고독이었다.

자식을 나눌 상대도 없고, 자신의 지식에 반응을 보이는 이도 없다.

그래서 왕은 버려진 세계에서 탈출하려 하는 것이다.

더 많은 지식을 찾아서.

영령계에 진출한 것도 같은 이유였다.

버려진 세계에서 나갈 방법이 없으니, 영혼이라도 영령계로 나온 것.

호기심 많은 왕에게 풀리지 않은 비밀이 많은 신비한 영령계는 신세계나 다름없었으리라.

그쪽을 계속 파고들었고, 그렇게 긴 세월이 흐르자 영혼을 다루는 기술이 어마어마하게 늘었다.

엄청난 세월을 보내는 동안, 할 수 있는 것이 별로 없었으니 꾸준히 연마했을 것이다.

[진화에 대해서도 설명해 줘야 하나?]

피에트로의 물음에 왕은 긍정을 표했다.

[명확히 정의가 내려져 있지 않을 뿐, 아마 듣고 보면 내가 아는 개념일 것이다.]

[정의가 내려진다는 것이 중요하지.]

[음?]

그 말에 왕은 곰곰이 생각을 하는 눈치였다. 피에트로가 한 말뜻을 이해하려고 곱씹는 모양이었다.

이윽고.

[그 말이 맞다. 정의되지 않은 지식은 더 깊어지지 않는다. 그건 알겠으니 어서 진화에 대해 말해봐라.]

[너희들 괴물 중에서 우연히 덩치가 매우 큰 괴물이 태어났다고 쳐보자. 그 괴물은 남달리 덩치가 크므로 남보다 더 강력하고 번식도 더 많이 할 것이다.]

[그렇지.]

[그럼 그 괴물에게서 똑같이 덩치 큰 괴물들이 태어날 가능성이 생기지.]

[맞는 말이다.]

[덩치 큰 괴물들은 생존 경쟁에서 다른 괴물들을 압도하고 계속 번식할 것이다. 그럼 결국 그 괴물 종은 덩치가 커진 쪽으로 진화한 셈이지.]

[그게 진화로군. 요는, 환경에 잘 적응하고 생존 경쟁에 유리한 쪽으로 변화하게 된다는 뜻이군.]

왕은 금방 이해했다.

[혹은 생존 경쟁에서 패배해서 사라지든가.]

[그래, 역시 내가 어렴풋이 아는 내용이었어. 명확히 정의 내리지 않았기 때문에 생각을 못 한 거지.]

[그리고 괴물들 중에서 우연히 너처럼 지성을 가진 변종이 탄생하기도 했지.]

[으음······.]

무슨 일인지 그 말에 왕은 침음했다. 실망이라는 감정이 물씬 느껴졌다.

왕이 말했다.

[짝짓기를 해서 수많은 자식을 낳았지. 족히 수천 마리의 자식을 봤을 거야.]

[마리?]

영령계는 서로 언어가 달라도 상관없이 마음이 통하는 곳이었다.

자기 자식을 가축이나 세는 단위로 표현했다. 왕이 자기 자식을 동등한 지성체로 여기지 않는다는 뜻이었다.

[너무 외로웠으니까. 나와 같은 지혜를 가진 이가 있었으면 했으니까. 가장 먼저 날 닮은 자식을 낳자는 발상을 안 했겠는가?]

[했겠지.]

[소용없었어. 다 지성이 없는 머저리들이었다. 싸우고 잡아먹고 번식하고, 그 외에는 아무것도 못하는 머저리들 말이다!]

왕의 분노가 해일처럼 밀려왔다.

[분명 생김새는 나를 닮았는데, 가장 중요한 것을 닮지 않았어. 나와 닮은 모습으로 미개한 짓거리를 하는 걸 보니 참을

수가 없더군.]

[다 죽였군?]

[그렇다! 이에 대해 어떻게 생각하느냐? 난 우연히 지성을 갖추고 태어난 왕인데, 내 자식들은 단 한 마리도 나처럼 지성을 갖지 못했다. 진화하지 못한 것이다. 네가 말한 진화는 틀린 게 아니냐?]

따지고 보면 나름대로 자기 종족을 진화시키려는 시도를 했는데 실패한 것이다.

그래서인지 강렬한 분노가 느껴졌다.

특정 대상에게 향한 분노라기보다는, 그냥 뜻대로 안 되니 분통 터진다는 투였다.

[어디서부터 설명해야 할지 모르겠군.]

[설명은 길수록 좋다. 난 너에게서 되도록 많은 이야기를 듣고 싶으니까.]

같은 지성체를 만날 일이 거의 없었던 왕은 피에트로를 무척 반가워하는 분위기였다.

[너희가 우리가 만든 괴물이었다는 걸 아나?]

[안다.]

왕은 긍정했다.

[내가 사는 세계에 남겨진 흔적들을 둘러보고 내 나름대로 생각하다가 결론에 이르렀지. 너희는 우리를 활용하려고 만들었지만, 우리의 힘을 감당하지 못해 도망쳤다.]

[혼자 생각해서 거기까지 결론에 이르렀다면 대단하군.]

[이게 대단한 것인가? 음, 그렇군. 역시 난 대단해.]

만족스러워하는 왕.

피에트로가 말했다.

[너희가 진화를 통해 강해진 탓에 내 선조들은 감당 못 하고 도망쳤지.]

[역시 진화가 중요했군.]

[그렇다. 그런데 내 말의 요지는, 너희는 내 선조가 만든 생명체였다는 것이다.]

의아해하는 왕에게 피에트로가 계속 설명했다.

[애당초 만들 때 지성을 가질 수 있도록 설계했을 리가 없다는 이야기다. 지성을 갖게 되면 어찌 되는지 그 위험성을 선조들이 몰랐을 리가 없다.]

[그럼 난 어떻게 된 것이냐?]

[두 가지 가설이 있다.]

[가설?]

왕은 또 정신을 못 차리고 새로운 단어에 관심을 보였다. 말도 못 하게 왕성한 호기심이었다.

그러거나 말거나 피에트로는 할 얘기만 했다.

[첫 번째 가설은 정말 까마득히 희박한 확률로 탄생한 변종이라는 것. 사실 난 지금까지 이렇게 생각해 왔다.]

[그런데 확률이 희박하더라도 결과적으로 내가 탄생했으니,

내 자식은 날 닮아야 하지 않은가?]

　[그렇다. 나도 그 점을 이상하게 여겼다. 그래서 방금 두 번째 가설을 떠올렸지.]

　[그게 뭐냐?]

　[유전이 아닌 외부의 요인에 의하여 지성이 생긴 경우.]

　[외부의 요인?]

　[내 생각에 넌 애당초 본질부터 지성을 가질 수 없는 구조였을 것이다. 그래서 네 자식도 지성이 없는 것이고. 그런데 너는 어떤 초자연적인 작용에 의해 지성이 인위적으로 심어졌을 수도 있지.]

　[초자연적인 작용?]

　[나도 모른다. 하여간 지금 가설은 그렇다. 네 진화는 자연적인 것이 아니라고.]

　피에트로는 불행 중 다행으로 여겼다.

　괴물 중에 지성을 가진 것은 오직 왕 하나뿐이었다. 자식들에게는 지성이 이어지지 않았으니, 앞으로도 괴물들이 지성 쪽으로 진화할 걱정은 없어 보였다.

　다만 눈앞의 이 괴물 왕은 엄청난 지성과 호기심을 가졌다는 것, 새로운 개념에 대하여 들을 때마다 곧바로 이해하는 것을 보면 소름이 끼쳤다.

　오늘 영령계에서 만난 왕은 무척 순수해 보였다. 모든 감정을 솔직하게 드러내고 있었으니까.

하지만 피에트로는 방심하지 않았다.

'놈은 필요하면 언제든 간사해질 수 있다.'

버려진 세계에는 다양한 괴물이 있다.

힘이 세지든 덩치가 커지든 다양한 방향으로 진화한 괴물들이 수두룩하다.

그런데 어째서 지성을 가진 이 괴물이 왕이 될 수 있었을까?

그것은 바로 지성을 활용하여 다른 괴물을 속일 줄 알기 때문일 터였다.

단지 호기심 왕성한 순수한 괴물이었다면, 똑똑했던 첫 번째 상급 사제를 어떻게 속였겠는가?

아무튼 피에트로는 왕에 대한 정보를 알아내기 위해 최선을 다했다.

많은 대화를 했다.

주로 왕이 질문하면 피에트로가 설명해 주었다.

피에트로는 무기화될 염려가 없는 개념만 가르쳐 주었고, 왕은 호기심이 충족될 때마다 뛸 듯이 기뻐했다.

[이봐라, 전 대사제이자 현 인간이여.]

[그냥 피에트로라 부르면 된다.]

[피에트로?]

[인간은 이름을 따로 지칭해서 부른다.]

[이름? 이름이라. 그것도 재미있는 개념이구나. 난 그냥 왕

인데, 왕은 내 지위일 뿐 이름은 되지 않겠군.]

[그건 아무래도 좋다. 나에게 무슨 말을 하려고 불렀나?]

[아, 그렇지.]

왕은 그제야 호기심을 잠시 억누르고 정신을 차렸다.

[난 너와 이야기하는 것이 참으로 즐겁다. 네 제자라고 했던 녀석은 본래 똑똑했던 모양인데 지금은 멍청해졌다.]

[이상한 신념에 빠져 사고가 편협해졌으니까.]

[그 녀석과 이야기를 나누면, 전지전능하고 뭐든지 다 아는 체를 해야 해서 피곤해.]

솔직하게 털어놓는 왕의 이 투덜거림을 첫 번째에게 들려주고 싶었다.

'불쌍한 첫 번째. 이런 괴물을 태초의 빛이라 믿고 있구나.'

[아무튼 난 너와 더 이야기를 나누고 싶다.]

[지금도 하고 있잖나.]

[아니, 여기 말고, 보고 듣고 느낄 수 있는 곳에서 말이다.]

피에트로는 긴장했다.

왕이 슬슬 본색을 드러내려 하고 있었다.

[너를 나의 세계에 초대하마. 내가 내 세계에서 너의 영혼을 소환할 테니, 응하겠나?]

[어디다가 소환할 생각이지?]

[임시로 쓸 육체가 필요하지. 그건 내 오러로 대체하면 된다.]

피에트로는 기가 막혔다.

영혼을 불러와 자신의 오러에 깃들게 하는 것.

그건 바로 오직 피에트로만 할 수 있었던 영령의 일격이었다.

설마하니 자신의 절기와 동일한 수법까지 알 줄이야.

[좋다.]

피에트로는 승낙했다.

[기쁘다. 난 너희와 다르게 육체 감각을 쓸 수 없는 이곳이 갑갑하게 느껴지거든. 물론 머저리들밖에 없는 나의 세계는 더 갑갑하지만. 아무튼 내가 돌아가서 널 소환할 테니 꼭 응해라.]

[좋다.]

왕은 기뻐하며 영령계에서 사라졌다.

버려진 세계로 돌아간 것.

그러고는 이윽고 영령계와 물질계를 잇는 통로가 피에트로 앞에 생성되었다.

[이리로 와라.]

왕의 말이 통로 너머로 들렸다.

'나에게 소환되었던 선조들이 이런 기분이었나.'

불안한 느낌이 드는 것이, 확실히 신뢰할 수 없는 놈의 부름에 응하고 싶지는 않았다.

피에트로는 통로 너머로 나아갔다.

파아앗!

그리고 피에트로는 오러 덩어리를 육체 삼아 깃들었다.

'이게 왕의 오러인가.'

타오르는 듯한 뜨거운 열기가 느껴지는 오러였다.

영령계에서 느꼈던 그 온기가 바로 오러에서 나오는 열기였음을 깨달았다.

최고 등급의 지저인처럼 하얗게 정제된 순수한 오러는 아니었다.

표현하자면 불순물이 많이 섞인 오러.

그러나 뜨겁고, 강렬하다.

이런 오러로 공격을 펼친다면 어떤 위력이 나올까?

어쨌거나 피에트로는 자신의 임시 육체로 쓰일 이 오러를 통제하기 시작했다.

오러 덩어리를 조종해서 형태를 바꿔 나갔다.

팔다리를 민들고 머리를 만들었다.

그리그 그 형태는 인간 피에트로 아넬라가 아니라 점차 살아생전의 모습, 대사제가 되었다.

육체를 재구성한 피에트로는 주위를 둘러보았다.

주위는 빛 한 점 들지 않는 시커먼 어둠뿐이었다.

―어디 있지?

피에트로가 물었다.

그러자 왕이 답했다.

오러의 진동으로 뭐라고 답한 것 같은데, 당연하게도 알 수 없는 언어였다.

하지만 피에트로는 본래 지저인.

언어 습득은 어렵지 않았다.

―네 언어를 알아들을 수 없군. 습득할 테니 계속 말해봐라.

그러자 왕은 계속 뭐라고 말했다.

알 수 없었던 언어가 점차 이해되기 시작했다.

그리고 마침내.

―모르겠나?

왕의 말이 또렷이 이해되었다.

―난 여기 있는데.

제4장
유산

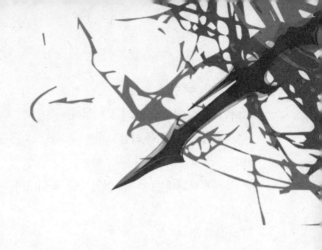

피에트로는 주위에 집중해 보았다.

오러로 이루어진 임시 육체라 시각 청각 등은 없지만, 지저인에게 오러는 감각 기관이나 마찬가지였다.

소리가 들린다.

뜨거운 강물이 굽이치며 흐르는 소리.

그런데 그것이 주위의 모든 곳에서 들리고 있었다.

마침내 피에트로는 깨달았다.

흐르는 강물은 바로 피였다.

혈관을 타고 뜨겁게 흐르는 괴물의 피.

피의 흐름을 따라 피에트로는 주위를 시커멓게 물든 것의 정체도 알 수 있었다.

똬리를 튼 거대한 뱀의 몸이었다.

모든 곳을 칭칭 둘러싸고 있어서 사방이 온통 어두웠던 것이다.

정확한 생김새는 알 수 없었지만, 적어도 몸은 뱀의 형태가 분명했다.

'이렇게 컸나.'

지저 문명에서 괴물 제작을 주도했던 피에트로조차도 이정도로 큰 괴물은 본 적이 없었다.

신전의 그 미완성 괴물도 비교 대상이 아니었다.

―이제 나를 인지했나?

―온통 둘러싸고 있군. 비켜주겠나?

―그럴 수는 없지.

피에트로의 미간이 꿈틀했다.

―무슨 뜻이지?

―나는 너와 이야기하는 게 즐겁다.

파아앗!

돌연 왕의 온몸에서 어마어마한 마력이 일어나기 시작했다.

몸으로 감싼 모든 방면이 오러로 차올랐다.

―그래서 널 보낼 생각이 없다.

모든 방면을 몸으로 둘러싸고서 오러를 일으킨 것이, 왕이 독자적으로 개발한 봉인 혹은 결계의 역할을 하는 모양이었다.

'경이롭군.'

태생이 괴물인데도 지성을 갖고서 긴 세월을 살면 이 정도까지 되는구나 싶었다.

마법진으로 오러의 미세 구동까지 설계하는 피에트로의 기술에 비하면 무식하고 우악스럽지만, 효과는 확실해 보였다.

—네가 네 육체와의 결속이 약하다는 것을 안다.

—이 결계로 날 붙잡아놓을 수 있다고 생각하는군.

—물론. 내가 모르는 게 많지만 이 부분만큼은 자신 있거든. 네 결속은 끊어질 것이다. 그리고 그 오러가 너의 본체가 될 거야. 그리고 설령 오러마저 버리고 사령으로 돌아간다고 해도, 넌 여길 못 빠져나간다.

—이러는 목적이 뭔가?

—넌 재미있다. 날 섬기는 그 멍청한 녀석보다 훨씬 더 현명하지. 널 이곳에 둘 거다. 넌 나와 함께 있어야 해.

—그렇다면 다시 묻지. 네 진정한 목적은 무엇이냐? 이 세상에서 나와서 무엇을 하려는 것이냐?

—말했을 텐데. 난 이곳이 갑갑하다.

—고통스러운가?

—그렇다. 이곳에서 나는 혼자다. 외롭지. 다른 놈들에게 지성을 가르치고 싶었지만, 욕망에 충실한 본능을 억누르기가 쉽지 않다. 지성은커녕 덩치만 점점 비대해져 가고 있지!

피에트로는 더 이야기를 나누며 정보를 얻고 싶었지만, 이 이상 시간을 지체하면 정말 육체와의 결속이 끊겨 이곳에 갇힐 것 같았다.

　―난 이만 가봐야겠군.

　―하하하! 널 보내지 않을 거다!

　―난 생각이 다르다.

피에트로는 오러에서 빠져나왔다.

다시 영혼의 상태로 돌아온 피에트로는 영령계로 돌아가고자 했다.

그때 왕의 결계가 피에트로의 영혼을 옥죄어왔다.

끈끈한 그물처럼 그를 붙잡고 놔주지 않았다.

피에트로는 강하게 저항했다.

　―생각 외로 저항이 세군. 무언가 대비를 해놓고 온 모양이야?

　―그렇다.

　―흐흐흐, 역시 똑똑해. 난 널 갖고 싶다.

　―그게 가능할지는 두고 봐야지.

결계의 그물을 헤치며 나아갔다. 그물이 질기게 그의 영혼에 달라붙어 떨어지지 않았다. 수렁에 빠진 것처럼 힘이 빠져왔다. 결속이 끊어지려 한다.

'위험하다.'

누군가의 도움이 필요했다.

피에트로는 손을 뻗었다. 마치 누군가가 그 손을 잡고 당겨줄 것처럼.

그리고 놀랍게도, 누군가가 그의 손을 잡고 당겨주었다.

스르르륵.

그물이 풀려 나간다.

—안 돼!!

왕이 소리 질렀다.

피에트로는 떠나기 전에 그에게 한마디 말을 남겼다.

—지혜를 외부에서만 찾으려 하니, 그것은 지혜도 아닐뿐더러 차라리 무지한 괴물만 못한 어리석음이다.

—뭐?

—지혜는 네 안에서 찾아라. 그러지 못하면 지금껏 그래왔듯 영원히 스스로 고통받을 뿐이다.

피에트로는 영령계로 떠났다.

*     *     *

피에트로는 번쩍 눈을 떴다.

광채가 흐르는 마법진 위.

밤하늘에선 수많은 별들이 수억 수천만 년 전의 빛을 내고 있었다. 언제 봐도 중독될 수밖에 없는 신비한 풍경이었다.

"야, 이 씨발아."

익숙한 인간의 목소리가 옆에서 들렸다.

서문엽이었다.

"깼으면 깼다고 말을 해. 이거 언제까지 잡고 있어야 해?"

서문엽은 여전히 피에트로의 손을 잡고 있었다.

남자끼리 장시간 손을 잡고 있어야 하는 것은 몹시 기분 나쁜 경험이었다. 그러나 무언가 중요한 의미가 있는 것 같아 차마 뗄 수도 없고 해서 계속 치미는 분노를 참고 있었다.

그리고 서문엽의 짐작대로 그것은 중요한 의미가 있었다.

왕의 결계에서 탈출할 때 손을 잡고 있던 서문엽의 손길이 결속을 강하게 해주는 역할을 했다.

그 역할을 서문엽이 해야 하는 이유가 있었다.

"이왕 죽는 김에 너도 같이 안 갈래? 불가능한가?"

─같이? 그건 불가능하지 않지만······.

"어차피 죽을 건데 빛이 내리는 땅도 구경하고 좋잖아? 자!"

그때, 그곳에서 소멸될 것을 각오했던 대사제에게 서문엽이 손을 뻗은 것이다.

그때 피에트로는 서문엽이 자신을 빛이 내리는 땅에 인도해 주는 사람이 아닐까 하는 기분이 들었다.

피에트로에게는 의미가 있는 일이었기 때문에 손을 잡고 있으라고 시킨 것이었다. 그 의미가 또 다른 결속이 되어서 영혼을 붙잡아둘 수 있도록 말이다.

"이제 놔도 된다."

"휴."

그제야 손을 놓은 서문엽.

"시간이 얼마나 지났지?"

"하루."

"뭐?"

"거의 24시간이 지났다고, 이 새끼야!"

24시간 동안 남자 손을 잡고 있어야 했던 서문엽은 짜증이 폭발했다.

피에트로는 고개를 끄덕였다.

"생각보다 일찍 돌아왔군."

"뭐 인마?"

"아무튼 성과가 있었다."

그때, 여왕이 끼어들었다.

"예언의 괴물을 만났나요?"

"그렇소."

피에트로는 고개를 끄덕였다.

영령계에 들어서면서 생겼던 일들을 모두 들려주었다.

"왕이라는 녀석 말고는 똑똑한 괴물이 없는 거네?"

"그렇다. 왕 자신도 자연적인 진화로 지성을 얻은 것 같지는 않다."

"그럼 어떻게 지성을 얻은 걸까요?"

여왕이 물었다.

"어떤 외부의 요인으로 인해 지성이 생겼다고 보는 편이 자연 진화로 지성을 얻은 것보다는 확률적으로 높아 보이더군."

"설마 버려진 세계에 살았던 선조 중 누군가가 일부러 괴물에게 지성을 부여한 걸까요?"

피에트로는 고개를 저었다.

"그건 아닐 거요. 얘기를 종합해 봤을 때, 왕은 아마 버려진 세계가 이미 버려지고서 한참 뒤에 태어난 것 같으니까. 만인릉 황제와 전쟁을 벌이기 전까지는 다른 지성체를 만난 적이 없었을 거요."

"원래 과학 기술도 전쟁 때문에 발전하거든. 그놈도 마찬가지일 거야. 전쟁 통에 수많은 지식을 얻은 경험이 워낙 강렬해서, 또 전쟁을 벌이고 싶은 걸 거야."

서문엽이 말했다.

"글쎄."

피에트로는 그 말에 선뜻 동의하지는 않았다.

"왕은 나를 완전히 사로잡았다고 생각했는지, 마지막에 중요한 말을 흘렸지."

"뭔데?"

"지성은커녕 덩치만 점점 비대해져 간다고."

"응?"

서문엽은 고개를 갸웃거렸다.

"휘하의 괴물들을 두고 왕이 했던 소리다. 본능을 억누르기가 쉽지 않고 덩치만 점점 비대해져 간다고 불만을 토로했지."

"근데 그게 왜?"

"놈에게 지성이라는 게 과연 무엇일까 생각해 볼 필요가 있다. 만인룡 황제와 싸우면서 놈이 학습한 것은 군주라는 개념이었다. 그러고는 자신을 왕이라 칭했지. 그 외에 자신을 정의 내릴 개념은 없다고."

"그래서?"

"지식을 추구하지만 왕은 결코 순수하지 않았다. 호기심만큼이나 강렬한 이기심이 있었지. 충만한 악의도 있었고."

그 말에 서문엽도 깊이 생각을 해보았다.

"으음, 순수하게 지적 욕구를 충족하려 들었다면, 자기 자신을 현자 같은 칭호로 정의하지 않았을까? 자신을 왕이라고 정의했다면 놈도 결국 권력욕이 강한 거야."

"바로 그거다. 왕에게 지성이란 곧 자신의 권력이다. 그렇다면 부하들에게 지성을 가르치려 했다는 것도, 자신의 권력에 굴복하고 따르게 만드는 것을 의미할지도 모른다."

"일리 있네. 무식한 놈들이라 왕이 강하니까 따르기는 하지만 스스로의 욕구를 억누르면서까지 따르지는 않겠지."

본래 집단이라는 것은 구성원들이 집단의 질서를 유지하기 위해 자신의 욕구를 어느 정도 억눌러야 한다.

집단을 유지한다는 것은 생존을 위해서다.

생존을 위해서 자신의 욕구를 억누른다는 것은 짐승들에

게도 당연한 일이었다.

그런데 버려진 세계는 어떠할까?

서문엽이 손가락을 딱 튕겼다.

"알았다!"

피에트로와 여왕이 의아한 얼굴로 그를 바라봤다.

서문엽이 자신 있게 말했다.

"왕 그 새끼가 자기 자리를 위협받고 있는 거야. 왕에게 충성할 줄은 모르고, 덩치만 뒤룩뒤룩 커지는 놈들한테 말이야. 생각해 봐. 버려진 세계는 이미 괴물 세상이고 왕의 세상이야. 생존을 위협할 적이 없는데 집단이 멀쩡히 유지되겠어? 인간도 살 만하다 싶으면 분열을 일으키는데."

"일리가 있다. 다른 괴물들의 입장에서 왕은 자신들의 욕구를 충족시키는 것을 방해하는 존재가 되었겠지. 나도 비슷한 추측을 했다."

피에트로도 왕이 지성을 권력과 연관 짓고 있다고 판단했다.

자신의 지성은 곧 자신의 권력을 뜻하고, 다른 이의 지성은 자신에게 복종하는 충성심을 뜻한다고 말이다.

"괴물답지 않게 오러를 잘 다루고 영혼까지 다룰 정도로 뛰어난 기술을 가지고 있지만, 너네 선조들도 다 할 줄 알던 거 아냐. 근데 너네 선조들은 버려진 세계에서 쫓겨났잖아. 왕이 지성을 얻었을 때, 다른 괴물들도 나름의 방향으로 진화를 해오고 있었던 거지. 그중에는 왕이 감당 못 할 적수가 생겼을 수도 있고."

하지만 여기까지는 모두 추측이었다.

그들은 기회가 되면 자주 영령계로 가서 정탐을 해보기로 했다. 물론 피에트로가 해야 하는 일이었다. 여왕이 또 왕을 봐야 하는 것이 부담스럽지 않은지 걱정했지만 피에트로는 개의치 않았다.

"더 이상 놈이 두렵지 않소. 얼마든지 또 볼 수 있소. 왕이 나를 꾀어서 붙잡기 위해 안간힘을 쓸 테지만, 나 또한 안 잡힐 자신이 있소."

그렇게 해서 기나긴 하루가 끝이 났다.

신전에서 타락한 대사제 일행과 싸우고 미완성 괴물과 싸웠다. 연이어 영령계에서 왕을 만났다.

겨우 이틀에 불과했는데 파란만장하기 이를 데 없었다.

"저는 계속 떠도는 동족들을 찾아 구출하도록 할게요. 왕의 문제는 부탁드려요."

여왕은 그렇게 작별을 고했다.

여왕의 처소를 떠나면서, 피에트로가 문득 서문엽에게 말했다.

"넌 아직 나와 갈 데가 있다."

"또? 어딜 또 가? 나 이제 집에 갈 거야!"

원 없이 싸웠던 서문엽은 아직 오러도 다 회복되지 않았기 때문에 쉬고 싶었다.

하지만 피에트로는 서문엽을 데리고 갈 곳이 있었다.

바로 영령계에서 만난 고대의 대사제가 일러주었던 비밀 장소였다. 그곳에 고대의 대사제가 서문엽에게 줄 선물이 있다고 했다.

"에잉, 할 수 없지. 줄 선물이 있다는데 성의는 받아야지."

선물이라는 말에 서문엽은 태도가 돌변했다.

고대의 대사제씩이나 되는 거물이 남긴 것이라면 엄청난 보물일지도 모른다는 기대가 들었던 것이다.

피에트로는 서문엽과 함께 공간 이동을 썼다.

\* \* \*

파앗!

도착한 곳은 몇 평밖에 안 되는 조그마한 땅이었다.

그 외의 공간은 모두 시커먼 블랙홀처럼 칠흑 같아서 공포감을 자아냈다.

"뭐, 뭐야, 여긴?"

"강력한 결계를 쳐놓은 곳이다."

피에트로가 설명했다.

"외부에서는 접근도 못 하도록 했고, 정확한 시공간의 좌표가 없으면 결계에 휩쓸려 죽도록 해놓았다."

몇 평밖에 안 되는 작은 땅.

좌표를 정확히 모르면 땅에 도착하지 않고 이곳을 둘러싼 블랙홀 같은 것에 빨려들어 가 버린다는 뜻이었다.

"이 블랙홀 같은 게 결계야?"

"그렇다. 실제로 시공간을 왜곡시키고 있으니 블랙홀과 비슷하긴 하군. 이렇게 해놓으면 이동 흔적을 통해 추적해도 올 수 없다."

서문엽은 가방에서 손전등을 꺼내 전원을 켰는데, 불빛의 일부가 블랙홀 결계에 빨려들어 가고 있어서 밝기가 미약했다.

빛까지 빨아들이는 걸 보면 영락없이 블랙홀이었다.

"이런 결계도 할 줄 알면 첫 번째 걔네는 왜 신전을 그런 식으로 숨기지 않았을까?"

"넓은 공간을 이 정도의 결계로 커버하려면 성역 수준의 마력 코어가 필요하다. 물건을 보관할 뿐이니 이 정도 공간만 간신히 결계로 둘러싼 것이지. 그리고 첫 번째는 이런 걸 할 줄 모른다."

"넌?"

"몰랐는데 지금 보니 할 수 있을 것 같군. 강력한 마력석만 있다면."

타고난 오만함은 지저인이었을 때나 인간이었을 때나 변함없는 피에트로였다.

협소한 공간이었으므로, 두 사람은 이곳에서 작은 금속 상자를 쉽게 발견할 수 있었다.

금속 상자의 뚜껑을 열려고 했던 피에트로는 이내 귀찮음이 담긴 한숨을 쉬었다. 그 반응에 서문엽이 고개를 갸웃거렸다.

"왜?"

"쉽게 못 열게 해놓았군."

"뭐 하는 영감인데 선물 주는 데도 이렇게 번거롭게 해놓았어?"

"선물을 가질 자격이 있는지 시험해 보고 싶은 모양이다. 쉽게 열 수 없으니 잠시 기다려라."

"뭐, 마음대로 해."

서문엽은 벌렁 드러눕고는 눈을 붙였다. 사방이 블랙홀인데도 신경도 안 쓰고는 몇 초 만에 잠들어 버렸다.

그동안 피에트로는 오러로 10개나 되는 마법진을 만들어 띄우고는 금속 상자의 잠금 장치를 푸는 데 열중했다.

끼리리릭. 끼릭.

끼리릭. 끼리릭.

복잡한 문양이 수놓인 마법진이 금속 상자 속으로 스며들어 갈 때마다, 금속 상자 안에서 톱니바퀴가 돌아가는 듯한 소리가 들렸다.

때로는 올바른 방향으로 톱니바퀴가 회전했고, 이따금 실수로 잘못된 오러 술식이 적용되면 반대로 돌아가 다시 일정 부분 잠기기도 했다.

무척 까다로워서 기술과 인내심이 모두 필요했다.

다행히 피에트로는 둘 다 가졌다.

끼리리릭.

딸깍.

무언가 다른 소리가 나자 서문엽이 흠칫하며 잠에서 깨어났다. 던전에서 자다가 곧바로 정신을 차리는 오랜 습관이 아직 지워지지 않았다.

"다 됐어?"

"그렇다."

"어디어디."

서문엽이 와서 상자를 건네받았다.

그러다 열기 전에 잠시 불안해졌는지 피에트로를 바라보았다.

"그 양반 믿을 만한 거지?"

"믿어라."

피에트로는 단호히 말했다.

마음속에 한 줌의 악의라도 가지고 있는 영령이라면 그 정도로 오래되었는데도 또렷한 존재감을 유지할 수 없었다.

"갑자기 선물을 가질 자격이 있는지 시험이 끝나지 않았다면서 함정이 발동된다든지……."

그 말이 끝나기도 전에, 피에트로가 냅다 상자 뚜껑을 열었다.

상자 안에는 주먹만 한 쇠구슬이 있었다.

그냥 구슬은 아니었다.

안에는 동그랗게 깎은 마력석이 있었고, 복잡한 문양이 새겨진 금속판이 껍질처럼 덮여 있는 구슬이었다.

마력석에서 하얀 오러의 기운이 넘실거리고 있었다.

"이게 뭐야?"

서문엽이 피에트로에게 내밀며 해석을 요구했다.

금속판에 새겨진 문양이 피에트로가 자주 쓰는 마법진의 문양처럼 보였기 때문에 뭔지 확인해 보라는 것.

피에트로는 구슬에 손대지 않으려는지 건네받지는 않았지만, 자세히 들여다보며 문양이 뜻하는 오러의 흐름을 해석해 보려 노력했다.

"너무 복잡하다. 뜻을 해석하려면 오래 걸리겠군."

"그럼 해. 시간 많아."

YSM에는 이미 휴가 간다고 통보해 놓았다.

후반기 프로리그는 서문엽과 피에트로가 없어도 충분히 우승 가능했기 때문에 다른 선수들에게 더 출전 기회를 줄 겸 휴가를 떠나 버린 것이다.

월드컵 대륙별 예선이 코앞에 다가왔으니 대표 팀이 문제인데, 이도 백제호에게 잠시 놀다 온다고 말을 해두었다.

피에트로와 함께 간다고 했으니 백제호도 무언가 심상치

않은 일임을 눈치챘지만, 캐묻지는 않았다.

자신이 도울 수 있는 게 있다면 서문엽이 알아서 설명하고 도움을 청할 것이라고 믿었기 때문이다.

아무튼 서문엽은 여기서 하루 이틀쯤 더 묵어도 상관없었다.

"확실한 사실은 여기에 오러를 주입하면 구슬 안에 새겨진 기능이 발동한다는 것이다. 그냥 발동시키는 게 어떠냐?"

"이게 뭔 줄 알고 발동해?"

"그분은 믿을 만하다. 존경받아 마땅한 분이니 신뢰할 수 있다."

"나도 인류에게는 존경받아. 너희 지저인은 싫어하지만."

종족의 입장과 관점이 다르니, 그쪽은 좋은 일이라고 생각해도 서문엽에게는 나쁜 일일 수 있었다.

"음, 알겠다. 해석을 해보지."

결국 고생하는 것은 피에트로였다.

젯값을 치러야 한다는 의무감이 없었더라면, 피에트로도 이런 대우를 순순히 받아들일 성격의 소유자가 아니었다.

피에트로는 또다시 커다란 마법진 하나를 만들어서 구슬에 새겨진 문양을 똑같이 만들기 시작했다.

한쪽 면을 똑같이 따라하는 건 쉬웠다.

그러나 이건 면이 아니라 입체적인 구체였다.

2차원에서 3차원으로 연장되니 술식의 난이도가 수십 배는 더 어려워졌다.

거기다가 둥그런 구체다.

어느 점에서 출발하든 원점으로 돌아오는 순리가 있었다.

그 완벽성에 피에트로는 감탄하면서도 자존심에 자극을 받았다.

'과연 천재라고 스스로 말할 만하군.'

고대의 대사제 영령을 떠올리며 피에트로는 경쟁심이 생겼다.

비록 죄인이나 본인도 천재 소릴 듣던 몸이었다.

고대의 대사제조차도 눈여겨봤었다고 말하지 않았던가.

아마도 이것은 그분 필생의 역량이 집약된 물건일 텐데, 당장 똑같이 구현은 못해도 최소한 해석은 가능하다고 여겼다.

그렇게 시작된 도전은 하루가 꼬박 더 흐르고서야 끝이 났다.

그동안 서문엽이 옆에서 식량을 꺼내 먹고, 자고, 오러 수련을 하는 것을 무시하고 완벽하게 집중한 결과였다.

"알아냈어?"

피에트로는 고개를 끄덕였다.

"언어다."

"언어?"

이윽고 서문엽의 표정이 와락 일그러졌다.

"너희들 언어를 나한테 주입시키려 했다고? 뒈질래, 씨발아?

그 영감탱이 나 좀 보자고 해."

벌컥 성을 내는 것도 무리는 아니었다.

지저인이 쓰는 언어는 지나치게 고차원적이라, 인간의 글과 언어로는 표현조차 할 수 없었다.

그렇기에 한 번 익히기 시작하면, 아무런 심리적 저항도 없이 뇌리에 파고든다.

대표적인 것이 바로 신성한 언어다.

신성한 언어는 인간의 지식으로 해독할 수 있는 거의 유일한 지저인 언어인데, 이를 익히면 맹목적으로 태초의 빛을 따르도록 세뇌되는 것.

신성한 언어도 이 정도인데, 심지어 훨씬 더 고등 언어가 탑재되어 있을 게 분명한 이 구슬은 어떻겠는가?

그런 걸 자신에게 주입하려 했다니 괘씸했다.

"야 이 새꺄, 내가 세뇌라도 되어서 지저 문명을 위해 싸우는 노에 투시쯤 되면 너희한테는 기특한 일이지? 앙? 아오, 그 영감탱이 낯짝 좀 보고 싶네."

분통을 터뜨리는 서문엽에게 피에트로가 고개를 저었다.

"그럴 리가 없다. 어느 한쪽의 입장에 관점이 치우친 인물이 그렇게까지 오랫동안 뚜렷한 존재감을 유지할 수는 없어."

"그럼 뭐야, 이건? 언어라며!"

"어떤 언어인지까지는 익혀보기 전에는 모른다. 아마 그분께서 살아생전에 만드시고서 누구에게도 공개 안 한 비전의 언어겠지. 내 생각에는 그분의 수행을 통해 얻은 심득이 담긴 언어일 것 같다."

그 말에 서문엽은 화가 누그러졌다.

생각해 보니, 그런 악의를 위해서 이렇게까지 정성 들였다는 게 이상하긴 했다.

"흠, 오케이. 일단 화는 그만 낼게. 근데 정체가 뭔지 모르고 함부로 익힐 수는 없어. 악의가 아니더라도 나에게 어떻게 영향이 갈지 모르는 거 아냐."

"……."

"아, 이건 어때? 일단 네가 익히고서, 나한테 가르쳐 주는 거야."

"같은 지저인이라도 이런 최고위의 언어를 익힐 수 있는 이는 거의 없다. 심지어 인간인 네가 가르친다고 익혀지겠나."

"그거랑 똑같은 장치 만들면 되지. 설마 못 만들어? 지저 문명 최고의 천재였다면서?"

피에트로는 그 말에 심기가 불편했는지 미간이 꿈틀했지만, 이내 입을 열었다.

"도전해 보기 전에는 모르지. 하지만 이건 확실하군."

"뭐가?"

"똑같이 재현하는 데 족히 수십 년은 걸릴 거다."

"……."

결론이 나오지 않았다. 피에트로는 피로가 찬 얼굴로 말했다.

"한 번 더 다녀오겠다."

"영령계? 그게 좋겠다."

육체와의 약한 결속력을 보완하기 위한 마법진을 그린 뒤, 명상에 잠긴 채 영령계에 접속했다.

도중에 '보좌'를 만나 일이 잘 풀렸다고 감사 인사를 나누고, 여러 선조께 짧게 인사드리며 깊이 나아간 피에트로.

마침내 고대의 대사제를 다시 만났다.

자초지종을 들은 고대의 대사제는 너털웃음을 터뜨렸다.

[허허허허, 내가 함정을 팠다고?]

[그게 아니라 서로 종족이 다르니 어떤 영향을 미칠지 알 수 없다는 대답이었습니다.]

[으허허허, 내 평생 심득인데, 인간 따위가. 허허허.]

피에트로는 불길함을 느꼈다. 인자하게 웃는 태도가 왠지 서문엽을 생각나게 했다.

아니나 다를까.

[하지 말라고 해.]

[예?]

[그냥 버려! 결계에 던져 버려! 다시는 못 줍게!]

버럭 성질내는 고대의 대사제.

[뭐? 영감탱이? 낯짝 좀 보자고? 그 인간 놈이 무기 영체화 좀 할 줄 안다고 눈에 뵈는 게 없나! 내가 영령으로 존재해 온 세월만 만 년은 될 텐데……!]

[진정하십시오, 대사제님.]

피에트로가 잘 달랜 덕에 진정한 고대의 대사제는 혀를 찼다.

[쯧, 그건 영혼을 단련하는 수행 언어다.]

[예?]

뜻밖의 말에 피에트로는 깜짝 놀랐다.

지저인은 누구나 죽어서 영령이 되고 싶어 했고, 훌륭한 영혼을 가져서 오랫동안 존재하고 싶어 했다. 궁극적으로는 끝없는 지혜에 닿아 태초의 빛처럼 되고 싶어 했다.

그러나 영혼을 수행하는 방법은 지금껏 존재하지 않았다. 그저 자신의 소명을 다하며 충실하게 사는 것 외에는 효과가 증명된 바가 없었다.

고대의 대사제는 헛기침을 했다.

[일부러 아무도 안 가르치고 나만 익힌 게 아니야. 나도 말년에 문득 깨닫고서 수행을 시작했는데, 이 방법론도 스스로 깨닫는 게 아니면 백날 가르쳐도 소용없어.]

[그럴 거라 생각했습니다.]

괜히 그런 고도의 주입 장치로 만든 게 아니었다.

이제 보니 그렇게 강제로 주입하지 않으면 최고위의 지저인도 배울 수조차 없는 언어였다.

[솔직히 네가 시샘하거나 탐낼까 봐 그 물건의 정체를 가르쳐 주진 않았는데, 그 인간 놈이 의심하니 어쩔 수 없지.]

피에트로는 그 말을 이해했다.

자신은 현재 영령도 되지 못한 채 사령으로 떠돌다가 인간의 몸에 정착했다.

그렇기에 더더욱 영혼을 수행할 수 있는 그 언어가 탐날 수밖에 없었다.

하지만.

[탐하지 않겠습니다. 탐욕으로 시작한 수행이 바른 길로 나아가지리라 생각되지 않습니다.]

피에트로가 말했다.

고대의 대사제는 흐뭇하게 웃었다.

[그 말이 맞다. 인간 녀석은 무서운 괴물과 싸워야 하니, 영체화를 강화할 수 있는 영혼의 수행이 필요하다고 생각했다. 내 안배가 이렇게 절묘하게 작용할 줄을 누가 알았겠느냐?]

[정말 감사드립니다. 가서 녀석을 설득해 습득하게 하겠습니다.]

[그래, 정 안 되면 그냥 네가 취하여라.]

[예. 하지만 설득하겠습니다.]

영령계에서 빠져나온 피에트로는 서문엽에게 설명을 해주었다.

"그 영감 뻥치는 거 아니지?"

"영령은 거짓말 안 한다. 거짓말은 자아 정체성 유지에 치명타를 가한다."

그래서 첫 번째 상급 사제가 왕에게 잘 속아 넘어간 부분도 있었다. 영령이 거짓말할 리가 없다고 믿었을 테니까.

"좋아."

서문엽은 결심한 눈으로 구슬을 꽉 쥐었다.

오러를 주입했다.

*　　　*　　　*

파아아아앗!!

구슬에서 하얀빛이 터져 나와 서문엽의 몸에 흡수되었다.

그 순간, 서문엽의 머릿속에 괴이한 언어가 홍수처럼 쏟아지기 시작했다.

읽을 수도 없고 말로 발음할 수도 없는 괴상한 언어.

"큭!"

서문엽은 이마를 매만지며 주저앉았다.

의미를 알 수 없는 이질적인 언어가 머릿속을 헤집고 다니니 두통이 일었다.

태어나서 지금까지 서문엽이 보고 듣고 느꼈던 모든 것들이 방금 습득한 언어로 재정립되고 있었다.

마치 자신의 모든 것이 해체되고 낱낱이 분석한 뒤에 재조립되는 듯한 과정이었다.

그렇게 한참의 시간이 흘렀다.

"휴우, 이제 끝났네."

비로소 요란하게 뇌리에 맴돌던 언어가 무의식의 수면 아래로 가라앉았다. 두통도 가라앉히자 서문엽은 한숨 돌렸다.

"어떤가?"

피에트로가 물었다. 고대의 대사제가 주입한 심득이 어떠한지 궁금했다.

서문엽은 곰곰이 생각하다가 어깨를 으쓱했다.

"잘 모르겠는데?"

"아예?"

"음, 뭔가가 있긴 한 것 같은데 그게 뭔지 알 수가 없어."

"그런가."

피에트로는 고개를 끄덕이며 납득했다.

"이해할 수 없는 고차원적인 지식을 그냥 강제로 주입한 것이니 인식도 안 되는 게 당연하겠군."

"뭐, 그런가 보지."

서문엽은 몸을 움직여 보고 오러도 일으켜 보며 스스로를 점검했다. 그러고는 고개를 갸웃거렸다.

"변한 게 없는데?"

미세한 변화라도 생겼다면 서문엽이 자각 못 할 리가 없었다. 분석안을 통해 스스로를 객관적인 지표로 끊임없이 점검했던 경험이 있기 때문이다.

"인간에게는 초능력으로 적용되었을 수도 있으니 차후에 확인해 보도록."

"그러지."

일단은 되돌아가기로 했다.

YSM의 클럽하우스로 되돌아온 후, 피에트로는 피곤했는지 자신의 숙소로 돌아갔다.

서문엽도 바이크를 타고 백제호의 저택에 돌아왔다.

"어머, 이제 오셨어요. 휴가는 잘 보냈고요?"

한승희가 반겼다.

"네, 신나게 놀다 왔죠."

아주 화끈한 휴가였다.

"밥은요?"

"먹어야죠."

던전에서 휴대 식량만 먹은 서문엽은 집밥이 먹고 싶었다.

한승희가 밥상을 거하게 차려주었고, 서문엽은 거의 폭식을 하다시피 했다.

원래 먹성이 좋았지만 오늘따라 치열하게 먹어치우는 서문엽. 이를 보고 한승희가 의아해했다.

"어디서 굶다 왔어요?"

"시간 가는 줄 모르고 노느라 밥 먹을 틈도 없었어요."

"어머머, 제대로 놀았나 보네요."

"어유, 말도 못 하죠."

타락한 대사제도 보고 미완성 괴물도 보고 블랙홀 같은 결계로 둘러싸인 공간에서 기이한 언어도 주입당했다. 이보다 더 치열하게 놀 수는 없었다.

한승희는 아예 밥솥을 가져와서 계속 밥을 퍼줬다.

5그릇을 비운 후에야 서문엽의 폭식은 끝났다.

"이제 좀 살 것 같다!"

"어머, 음식물 쓰레기가 하나도 안 나오겠네."

모든 반찬이 싹 비워져 있었다.

"잘 먹었습니다!"

서문엽은 벌떡 일어났다.

"어디 가요? 드라마 안 봐요?"

평소였으면 배부르면 배부르다고 소파에 드러누워 TV를 보았을 서문엽이었다.

"할 게 있어서요."

"바쁘시네."

한승희는 부지런한 서문엽을 신기해했다.

서문엽은 자신의 방에서 전신거울을 들여다보았다. 구슬의 영향으로 무엇이 변했는지 확인해야 했기 때문이다.

─대상: 서문엽(인간)

─근력 79/80

─민첩성 97/98

─속도 76/77

—지구력 91/92

—정신력 110/111

—기술 100/101

—오러 100/101

—리더십 100/101

—전술 100/101

—초능력: 분석안, 던지기, 불사, 증폭, 영혼 연성


"헉?!"

서문엽은 화들짝 놀랐다.

증폭된 분석안에 보이는 자신의 능력치는 충격적이었다.

대부분 능력치의 한계가 1씩 늘어나 있었다.

변함이 없는 것은 딱 하나, 속도. 속도는 원래부터 76/77이었다.

근력도, 민첩성도, 지구력도, 심지어 인간의 한계인 100이었던 능력들도 1씩 더 늘어나 성장할 여지가 생긴 것이다.

무엇보다도 황당한 것은 바로 정신력이었다.

110/111이라니?

최후의 던전에서 죽었다가 되살아난 여파로 인간의 한계 100을 훌쩍 뛰어넘은 110의 정신력을 갖게 된 서문엽이었다.

그러나 현재 수치는 110이어도 한계치는 엄연히 100이었다.

그런데 이제는 111로 오히려 1 더 올릴 여지가 생겼다.

이런 변화가 생긴 이유는 바로 새로 생긴 초능력 '영혼 연성' 때문이었다.

—영혼 연성: 육신이 한계를 넘어 깨지지 않는다. 극한에 도달한 능력치가 1씩 한계가 늘어난다.

서문엽은 자신의 모든 능력을 한계까지 다 연마한 사람이었다. 속도만 1 남겨놨을 뿐.

그런데 영혼 연성이라는 초능력은 그런 서문엽에게 다시 성장할 여지를 주고 있었다.

'이거 실화냐? 진짜 이런 게 가능하다고?'

고대의 대사제라는 영령은 이것을 영혼을 성장시킬 수 있는 비전의 심득이라고 했다.

설마 이런 식으로 작용할 줄은 몰랐다.

물론 단점도 있었다.

당장 확 효과가 나타나는 초능력이 아니라는 점이 아쉽다.

거기다가 정신력, 기술, 오러는 이미 인간의 한계를 보았기 때문에 여기서 더 성장시키기란 보통의 수단으로는 되지 않을 터였다.

특히 정신력.

지금 이미 110이다. 여기서 더 어떻게 성장시키란 말인가?

'그래도 근력이나 속도 같은 내 약점을 극복할 수 있게 되었

다는 점은 좋네.'

이제 모든 능력치가 성장의 길이 열렸다.

서문엽은 당장 훈련을 하고 싶어졌다.

'근데 이거 보통의 훈련으로는 올리기 쉽지 않을 텐데. 일단 낮은 근력하고 속도부터 올릴까?'

YSM에 솜씨 있는 코치들이 있으니 근력과 속도 올리기는 쉬웠다.

하지만 서문엽은 모든 능력을 종합적으로 올릴 수 있는 방법을 찾고 싶었다. 서문엽은 본래 언제나 자신만의 방식을 개척했기 때문에 누군가의 지시에 따라 훈련하는 게 익숙지 않았던 것이다.

그러다가 문득 던전이 생각났다.

'그래, 던전은 중력까지도 마음대로 조절할 수 있지.'

중력을 높인 환경에서 훈련하면 효과가 배가될 터였다. 영혼 연성에 의하여 육체에 한계가 없어졌으니 무리해도 상관없다.

더구나 서문엽이 가장 마음이 평안해지는 장소도 바로 던전이다. 즉, 오러 수련도 던전에서 더 잘될 터.

서문엽은 이럴 때 만능키인 피에트로에게 전화를 걸었다.

—뭐냐?

한참 자고 있었는지 피에트로의 목소리에 귀찮음이 섞였다.

서문엽은 사정을 설명하고 훈련용으로 던전을 꾸밀 수 있는

지 물었다.

"거기 있잖아. 고대의 대사제가 남긴 비밀 공간. 거기를 훈련용으로 개조하면 좋을 것 같은데."

─가능하긴 하다만, 그러려면 그 고난이도의 결계부터 건드려야 하지.

"넌 할 수 있잖아?"

─할 수는 있다. 내가 왜 그래야 하는지 모를 뿐.

"에이, 왜 이래? 함께 수많은 역경을 헤쳐온 사이에."

─그다지 역경이라고 할 만한 일은 없군.

"이 새꺄, 이게 나만 좋으라고 하는 일이야? 세상을 구할 수 있는 건 나뿐이잖아. 이 몸이 강해져야 세상에 평화가 찾아와요."

한껏 거들먹거리는 서문엽.

이에 대해 피에트로가 짤막하게 대꾸했다.

─그와 똑같은 말을 한 자를 하나 알지.

"누구?"

─있다. 자기 무덤에 1만여 명의 백성을 순장시킨 작자가.

"……."

만인릉 황제와 비교당하자 서문엽은 뜨끔했다. 전쟁 시절 절대 갑이라는 입지를 이용해 포악하게 굴었던 과거가 떠올랐다.

말이 궁해진 서문엽이 억지를 부렸다.

"아, 됐고, 빨리 착수해라! 확 너도 내 무덤에 같이 순장시키기 전에!"

—…….

뚝!

통화를 종료한 서문엽은 이내 거울을 다시 보며 실실 웃었다.

분석안에 보이는 자신의 능력치가 너무 아름다웠다.

부족한 근력과 속도까지 100을 채워 버리면 어떻게 될까?

'그땐 정말 내가 우주 최강 먹겠구나.'

우주에서 제일 세다는 게 자랑인 서문엽. 이제 시공 저 너머에 있는 웬 괴물 놈 때문에 큰소리 떵떵 치고 다닐 수 없게 되었는데, 열심히 훈련해서 뛰어넘어 줄 참이었다.

*　　　*　　　*

그로부터 며칠 뒤, 서문엽은 피에트로의 숙소를 찾아가 닦달했다.

"아직 멀었냐? 얼른얼른 해라!"

"곰곰이 생각해 봤는데, 차라리 마력 코어를 하나 더 박아서 네 훈련에 필요한 기능을 추가시키는 게 좋겠더군. 그 결계를 개조하는 것보다는 그 편이 빠르다."

"마력석이 있으려나?"

"여왕에게 있겠지. 이 세상 마력석은 여왕이 다 쓸어 간 걸로 알고 있으니까."

던전을 공략할 때마다 초인들이 던전에서 떼어온 마력 코어들이 있었다.

코어는 부숴서 망가졌지만 그 안의 마력석은 멀쩡했기에 중요한 연구용 부산물로 취급되었다.

그러나 결국 마력석을 다룰 수 있는 기술이 개발되지 않아서, 결국 마력석은 남아돌게 되었다.

바로 그것을 배틀필드 세계 협회가 닥치는 대로 사들였다.

던전 산업체들도 가지고 있어 봐야 소용없는 마력석을 기꺼이 팔았고, 결국 여왕의 수중에 들어와 지상에 지저인의 거처를 만들 수 있었던 것이다.

내친김에 여왕에게 바로 전화를 걸어서 남는 마력석을 하나 달라고 했다.

—알겠어요. 오늘 밤 중으로 보내 드릴게요.

그날 밤, 전에도 온 적이 있었던 지저인 관측이 공간 이동으로 왔다. 관측은 마력석을 건네주고는 바로 떠나 버렸다.

그것을 피에트로가 건네받았다. 마력석을 정제하여 마력 코어로 만들기 위해서였다.

서문엽이 마력석을 빤히 보다가 슬그머니 물어보았다.

"근데 말이야."

"뭐냐?"

"그 마력석, 조금 떼어서 내 오토바이 엔진으로 만들어주면 안 될까?"

"……."

서문엽을 쳐다보는 피에트로의 시선에 짜증이 섞여 있었다. 서문엽은 다소 비굴하게 웃었다.

결국.

뚝.

마력석 윗부분을 살짝 뜯어서 따로 보관한 피에트로는 남은 부분으로 코어를 제작하기 시작했다.

마법진 몇 개를 만들어 코어를 신속하게 제작한 피에트로. 확실히 개조하는 것보다 그냥 새 시설을 덧씌우는 게 쉬운 모양이었다.

그렇게 블랙홀 같은 결계로 둘러싸인 몇 평 남짓한 공간은 서문엽을 위한 훈련장이 되었다.

"윽!"

서문엽은 도착하자마자 온몸을 짓누르는 듯한 중력에 깜짝 놀랐다.

옆에서 보호막을 펼쳐 중력에 저항한 피에트로가 설명했다.

"강력한 중력을 설정해 놓았다. 더불어 중력을 일으키는 이 시설은 주위의 오러를 빨아들이는데, 네가 가진 오러도 빼앗으려 들 거다. 오러를 빼앗기지 않도록 잘 간수하다 보면 오러 컨트롤이 늘겠지."

"호오? 재미있겠는데?"

그러고 보니 체내의 오러가 멋대로 일어나 바깥으로 빠져나가려 하고 있었다. 어딘가에 설치된 훈련 장치가 오러를 흡수하려 드는 것이었다.

"그리고 이건 여기와 지상을 왕복할 수 있는 귀환석이다. 100회로 설정했다."

귀환석까지 받았다.

피에트로는 떠나 버렸고, 서문엽은 주위를 둘러보며 미소 지었다.

"딱 좋네."

주위에 블랙홀이 둘러져 있어 절로 두려움을 느끼게 하는 환경. 던전 특유의 음습한 공기가 도리어 마음을 안정되게 했다.

개인적인 장소로 쓰던 던전이 노출되어서 아쉬웠던 차였는데, 이렇게 새로운 장소가 생겨서 기분 좋았다.

몸을 짓누르는 중력이나 오러를 빼앗으려 드는 훈련 장치 때문에 편히 쉴 수 있는 곳은 못 되지만 말이다.

'슬슬 시작해 볼까.'

서문엽은 준비운동을 했다. 가벼운 준비운동도 중력 탓에 묵직했다.

이윽고 창과 방패를 들고 격렬하게 움직이기 시작했다.

근력, 민첩성, 속도, 지구력, 기술, 오러를 한꺼번에 단련할 수 있는 최적의 장소였다.

그렇게 서문엽은 인간의 한계를 벗어나 점점 더 강해지려 했다.

제5장

지역 예선

극도로 혹독한 수련이 시작되었다.

몸을 짓누르는 중력 속에서, 서문엽은 본능적으로 점점 가장 힘을 적게 들이는 효율적인 동작을 찾아갔다.

110짜리 정신력을 가진 서문엽은 힘든 와중에도 그렇게 찾은 동작을 기억 속에 입력했다.

휴식도 함부로 취할 수 없었다.

쉬는 중에도 던전에 설치된 훈련 장치는 그의 오러를 빼앗으려 했기 때문. 자신의 오러를 갈무리해 끊임없이 잘 붙들어 놓아야 했다.

엄청난 정신력을 갖지 않으면 이런 훈련을 오래 버티지 못했을 것이다.

서문엽은 휴식을 마치고 다시 일어나 창과 방패를 휘둘렀다.

무기만 쓰는 게 아니었다.

작은 던전 공간에서 양옆 끝을 왕복하면서 순발력과 속도도 훈련했다.

죽을 것 같은 훈련이었다.

하지만 서문엽은 오랜만에 스스로를 혹독하게 몰아세우는 것이 즐거웠다.

보다 강해질 수 있는 것.

강해져야 하는 이유가 있는 것.

지난 평생 살아온 방식인데, 지난 몇 년간은 너무 평화로웠다. 지금이 좋았다.

"내가 이 맛에 살지."

손거울로 스스로를 분석안으로 체크한 서문엽은 실실 웃었다.

─근력 81/82
─속도 78/79
─지구력 92/93

근력이 79에서 81로 2 오르면서 탱커의 최소 요건인 80 구간을 돌파했다.

속도도 76에서 78로 2 올랐다.

지구력도 91에서 92로 1 상승.

그 외에 다른 능력치는 이미 너무 높은 수준이라 쉽게 성장하지 않았다.

하지만 단시간에 이 정도만으로도 엄청난 성과였다. 말도 안 되게 강도 높은 훈련을 한 만큼 효과는 직방이었다.

'좋아, 이대로 계속 간다.'

서문엽은 도저히 버틸 수 없을 때까지 훈련을 하다가 돌아가고, 푹 쉰 다음 다시 와서 훈련하는 일을 반복했다.

그야말로 극악의 스케줄.

하지만 그만큼 서문엽은 쭉쭉 강해지고 있었다.


＊　　　　＊　　　　＊


서문엽이 없어도 세상은 잘 돌아갔다.

YSM은 KB-1 리그를 평정하고 있었다. 간혹 강적을 만나서 패배할 것 같아도 피에트로가 출전해서 가뿐하게 승리했다.

그렇게 해서 거의 패배를 하지 않고 독주를 하는 YSM에게 다른 클럽들은 불평을 했다.

솔직히 서문엽과 피에트로는 사기 아니냐?

두 사람은 이제 그만 더 큰물로 나가야 한다.

우승 경쟁에 대한 기대감이 안 생겨서 리그의 흥미가 떨어지지 않는가.


그러나 그 불만을 드러낼 수는 없었다.

왜냐하면 서문엽과 피에트로로 인해 KB-1의 관중은 폭발적으로 늘었기 때문.

YSM의 경기는 거의 매번 만원이었다.

서문엽과 피에트로로 인해 대한민국 대표 팀에 대한 기대감도 생기면서, 배틀필드에 관심이 없었던 일반인들도 경기장을 찾게 되었다.

리그 중계권이 국내는 물론 해외에도 널리 팔리면서 각 팀들도 덕을 많이 봤다.

그러나 현장에서 YSM을 상대해야 하는 감독과 선수들 입장에서는 한숨만 나오는 것이었다.

물론 신바람이 나는 감독도 있었다.

"리그도 살아나고 선수들 기량도 덩달아 뛰네."

끊임없이 국가 대표로 뽑을 선수를 고민하고 있는 백제호. 요즘은 마치 쇼핑을 하는 것처럼 즐거운 고민이었다.

"내가 이 고민을 이렇게 즐겁게 하는 날이 오다니."

본래 국가 대항전에서 전혀 힘을 못 쓰던 대한민국 대표 팀이었다.

그로 인해 국민들의 실망이 커져가면서 한국 프로리그도 점점 관중이 줄고 있었다.

그런데 서문엽의 등장으로 모든 게 달라졌다.

지금 KB-1은 2년 연속 성장세였다.

그리고 서문엽이 탁월한 안목으로 고른 선수들이 성장하여서 태극 마크를 달 준비가 되어 있었다.

물론 그래도 서문엽 원맨팀에서 벗어나지 못했다. 서문엽만 마크하면 된다고 모두들 알고 있으니까.

그런데 이제 피에트로 아넬라까지 한국에 귀화해 대표 팀에 합류한 것이다.

'그 실체가 대사제라는 게 찜찜하지만.'

대사제라니?

인류에게 수많은 피해를 안겨준 지저 문명의 통솔자 아닌가.

백제호는 서문엽과 달리 인류를 위해 싸우겠다는 정의감을 갖고 전쟁에 뛰어들었다. 그 때문에 대사제의 존재가 영 못 미더웠다.

특히나 경기에서 소환술을 펼치는 모습을 볼 때마다 아직도 옛날 생각이 나서 소름이 끼쳤다.

백제호가 최후의 던전에서 얻은 트라우마의 7할이 서문엽의 죽음이라면, 나머지 3할은 상상 초월의 강력함을 지녔던 대사제였다. 그러니 피에트로가 불편할 수밖에 없었다.

'하지만 그건 그거고 이건 이거지. 뭐, 엽이도 뭔가 생각이 있기 때문에 저 작자를 데리고 있는 거고.'

서문엽과 피에트로에게 무언가 숨기고 있는 비밀이 있다는 것쯤은 알고 있었다.

필시 중대한 일일 테지만, 서문엽이 알아서 잘 해결할 거라고 믿었다.

이미 은퇴한 지 오래인 백제호는 직접 나설 생각이 없었다. 도움이 필요하면 서문엽이 그때 가서 알아서 요청할 터였다.

'친구에게 폐 끼치기 싫다느니 그런 배려를 할 녀석이 아니니까.'

서문엽은 던전을 공략하기 위해 수단 방법을 안 가린다. 무슨 일인지는 몰라도 아마 지금쯤 신나 있을 게 뻔했다.

하지만 이제 슬슬 월드컵 지역 예선이 다가오고 있었다.

'예선 통과야 서문엽이나 피에트로가 없어도 문제없지만, 본선 전에 같이 호흡을 맞춰보지 않으면 곤란하니까.'

백제호는 슬슬 서문엽에게 월드컵 얘기를 꺼낼 참이었다.

때마침 며칠씩 사라져 있던 서문엽이 오늘은 돌아와 있었다.

"어우, 밥 줘, 밥."

말끔히 샤워했지만 여전히 피곤에 절은 기색을 띤 서문엽이 거실에 내려와 말했다.

"그걸 왜 나한테 말해."

"제수씨 어디 계셔?"

"장 보러 갔어. 근데 그보다……."

백제호는 서문엽의 달라진 분위기에 이질감을 느꼈다.

"그보다 뭐?"

"엽이 너 어딘가 변한 것 같다?"

"그래?"

"뭔가 변했는데."

서문엽은 씨익 웃으며 답했다.

"형이 요즘 열심히 훈련하잖아."

그 말에 백제호의 두 눈이 휘둥그레졌다.

"훈련을?"

본래 아침에 간단히 운동하는 것 외에는 훈련이라는 것을 일절 안 하는 서문엽이었다. 이미 기량이 절정에 오른 탓에 더는 무의미하다고 말하는 걸 들은 바 있었다.

"나 요즘 근력이 확 늘었어. 안 느껴지냐? 질이 달라진 나의 멋진 근육이."

듣고 보니 그랬다.

백제호가 느꼈던 이질감은 바로 늘어난 근육량이었다.

날렵한 느낌이었던 서문엽의 체형이 지금은 단단해 보였다.

그야말로 강철!

어디 그뿐인가.

게으름을 피우던 평소처럼 태평스러운 표정을 하고 있지만, 온몸에서 날카로운 기세가 느껴졌다.

그것은 마치 옛날에 공략 불가 던전에 도전하던 치열한 시절을 연상케 했다. 목숨을 건 실전에 완전히 물들어 있는 모습 말이다.

"대체 어디서 무슨 훈련을 하는 거야?"

"음, 너한테는 살짝 말해줄까."

"뭔데 그래?"

"말보다는 직접 보여주는 게 낫겠다."

서문엽은 개인 훈련장으로 가는 왕복 귀환석을 백제호에게 건네주었다.

"이거 쓰면 훈련장으로 이동한다. 가서 구경해 봐."

"귀환석은 오랜만에 만지는데."

백제호는 긴장을 느꼈다.

귀환석을 쓴다면 필시 던전이었다.

한 번 가보라고 권하는 걸 보면 위험 요소는 없는 모양이지만, 그래도 던전은 늘 긴장된다.

"그거 한 번 더 쓰면 다시 되돌아올 수 있어."

"편리하네. 누가 이런 걸 만들어줬어?"

"피에트로."

"아……."

미심쩍었지만 백제호는 귀환석을 사용해 사라졌다.

그리고 잠시 후.

파앗!

"허억! 헉!"

안색이 다소 창백하게 질린 백제호가 되돌아왔다.

서문엽은 실실 웃었다.

"끝내주지?"

"대체 거긴 뭐야? 가자마자 중력에 몸이 짓눌리는 줄 알았잖아! 오러까지 야금야금 뺏고 있었어! 블랙홀처럼 땅을 둘러싸고 있는 건 뭐고? 순간 함정에 빠진 줄 알고 당황했네."

"피에트로가 만들어준 거야. 그 블랙홀 비슷한 건 외부로부터의 침입을 차단하는 결계고."

"그런 곳에서 훈련하고 있다고?"

"응. 형 지금 최고조다."

백제호는 경악을 금치 못했다.

서문엽은 한 번 사라지면 며칠씩 돌아오지 않았다. 그 위험한 곳에서 며칠씩 훈련했다는 소리 아닌가?

'엽이가 그 정도로 집중했다면 대체 얼마나 강해진 걸까?'

서문엽이 거기서 더 강해질 수 있을지는 의문이었지만, 가능하니 훈련을 한 것일 터다.

"한번 기대해 봐. 이제 조만간 예선이지?"

"어. 첫 상대는 일본이야."

"일본? 적당하네."

일본의 배틀필드는 아시아에서는 중국에 이어 두 번째를 다투는 레벨이었다. 한국은 초인 대량 유출 사태 이후로 일본보다 아래로 떨어졌으나, 서문엽이 돌아온 뒤에는 다시 역전됐다.

현재의 대한민국 대표 팀의 기량을 점검하기에는 딱 좋은, 너무 세지도 너무 약하지도 않은 상대였다.

"전술 코치와 상의를 해봤는데, 견제 위주로 운영을 짜도 괜찮을 것 같아. 너랑 피에트로랑 하연이, 그리고 너희 팀의 이나연도 같이."

"넷티를?"

이러면 YSM에서만 서문엽, 피에트로, 최혁, 심영수, 이나연까지 5인이 국가 대표로 뽑힌 셈이었다.

"어차피 우리는 발 빠른 조합 콘셉트잖아."

"묵직한 클래식 탱커가 없으니까."

서문엽이 한마디 했다.

한국에 클래식 탱커가 없는 건 아니지만, 덩치 큰 유럽 선수들과 비교하면 피지컬이 한없이 초라했다.

오죽했으면 그나마 근력 90을 가진 최혁이 메인 탱커가 되었을까?

"그러니까 아예 견제 위주의 조합도 생각해 본 거야. 이나연은 원체 빠르고, 하연이는 두말할 필요도 없고, 너는 창 던져서 킬 잘 잡고, 피에트로는 공간 이동이 있잖아."

설명을 들어본 서문엽은 고개를 끄덕였다.

그럭저럭 납득이 갔다.

서문엽, 피에트로, 백하연이 견제 플레이로 팀을 시종일관 하드 캐리하는 그림을 원하는 듯했다.

그 3인 외에는 딱히 내세울 선수가 없기 때문.

3인만으로는 부족할지 모르니 속도만큼은 세계 최고인 이나연을 보조로 붙였다.

"적당하네. 괜찮은 것 같다. 평소에는 견제하고 한 타는 가짜 탱커 전술로 가고?"

"그렇지. 아, 그리고 혹시 몰라서 조승호도 뽑았어."

전투 능력이 전혀 없는 YSM의 서포터 조승호.

그러나 물건을 전달하고 시야도 공유하고 무엇보다도 자신의 오러도 아군에게 줄 수 있는 초능력이 유용했다.

조승호가 출전한다면 한국 대표 팀은 10명으로 싸우는 셈이지만, 피에트로가 오러를 다 소진한 후에 조승호로부터 충전받아서 다시 싸울 수 있게 된다.

한 타 싸움에서 주요 화력이 될 피에트로에게 여분의 오러 탱크 역할을 하는 것으로도 조승호는 충분히 가치가 있는 것이다.

"혹시 모르니까 쓸모가 있겠다."

서문엽도 동의했다.

그로서 YSM은 무려 6명의 국가 대표 선수를 배출하게 되었다.

"어서 싸우고 싶네."

서문엽은 몸이 근질거렸다.

훈련의 성과를 빨리 발휘해 보고 싶었다.

피나는 노력으로 다져진 이 육체의 위력을 모두가 보는 공식 경기에서 폭발시키고 싶었다.


—대상: 서문엽(인간)

—근력 85/86

—민첩성 98/99

—속도 80/81

—지구력 93/94

—정신력 110/111

—기술 100/101

—오러 101/102

—리더십 100/101

—전술 100/101

—초능력: 분석안, 던지기, 불사, 증폭, 영혼 연성


누가 알아줄까?

이 예술적인 능력치를.

유일한 약점이었던 근력이 85가 되어서 더 이상 약점이라고 부를 수 없게 되었다.

민첩성과 지구력도 1씩 더 올랐고, 오러도 100에서 101로 인간의 한계를 돌파했다.

어서 보여주고 싶었다.

모두가 자신을 경외하도록 말이다.


＊　　　＊　　　＊


겨울이 다가오고 있는 2023년.

각 대륙별로 월드컵 지역 예선이 열렸지만, 세상의 관심사는 월드 챔피언스리그였다.

내로라하는 명문 클럽들이 모두 모여 세계 최고를 가리는 배틀필드 최대의 이벤트.

서문엽과 피에트로는 아직 그 무대에 끼지 못했지만, 톱3라 불리는 선수들은 속속히 월드 챔스에 합류했다.

월드 챔피언스리그의 우승 후보 클럽은 4곳으로 추릴 수 있었다.

파리 뤼미에르 BC.

베를린 블리츠.

뉴욕 베어스.

LA 워리어스.

우선 나단 베르나흐가 있는 파리 뤼미에르 BC.

올해 유럽 챔스에서 베를린 블리츠를 압도적으로 꺾으며 세계 최강임을 증명했다.

특히 작년보다 한층 성숙한 나단 베르나흐의 플레이가 무서웠다.

그러나 이에 질세라 베를린 블리츠는 중국에서 슈란을 영입하며 극적으로 전력 보강을 했다.

이는 엠레 카사 감독의 신의 한 수라 평가되면서 파리 뤼미에르 BC와의 승부를 기대하게 했다.

물론 약점은 여전했다. 세계 최고의 서포터이자 베를린 블리츠의 대들보인 다니엘 만츠에 많은 부담이 쏠려 있는 점.

다행히 이 점을 서문엽에게 미리 지적받았기 때문에 엠레 카사 감독도 대책을 고심하고 있었다.

아메리카 쪽에서는 올해도 어김없이 뉴욕 베어스가 월드 챔스에 참가했다.

2016년을 마지막으로 현재까지 월드 챔스 우승컵을 들지 못하는 바람에 이제는 톱3 명문에서 내려와야 하지 않느냐는 조롱을 듣는 뉴욕 베어스.

그러나 여전히 북미에서는 적수가 별로 없는 강팀임은 분명했다.

거기다가 제럴드 워커의 기량이 부쩍 상승하여서 이번에야말로 올해의 선수상을 받아 톱3의 아성을 깨겠다는 각오가 보였다.

로이 마이어가 버티고 있는 LA 워리어스도 월드 챔스에 출장했다.

2017년에 월드 챔스에서 우승했고, 2019년, 2020년에 준우승을 차지했던 신흥 명가 LA 워리어스.

그들은 이번에야말로 다시 월드 챔스 우승컵을 들어서 뉴욕 베어스를 밀어내고 톱3 클럽의 자리에 들어가겠다는 각오였다.

그러나 그런 야심에 비해 LA 워리어스는 클래식 탱커 위주의 '파워 게임'이 쇠락하는 추세에 직격탄을 맞은 채 아직 뚜렷한 대책을 세우지 못했다.

가짜 탱커 전술이라는 파워 게임의 천적까지 등장했는데, 오직 로이 마이어만 믿고 있을 뿐이라는 점에서 높은 평가를 받지 못했다.

서포터들이 감독 교체까지 요구하고 있어서 LA 워리어스는 이번 월드 챔스에서 반드시 성적을 내야 했다.

\* \* \*

월드 챔스로 한창 핫할 때였지만, 월드컵 아시아 지역 예선에서 전 세계 팬들이 관심 갖는 경기가 딱 하나 있었다.

그건 바로 대한민국 대 일본.

물론 두 나라의 라이벌 관계 따위에 관심은 없었다.

그저 서문엽과 피에트로가 선발 출전하기로 했기 때문이었다.

이 예선 때문에 파리 뤼미에르 BC 소속의 백하연 또한 월드 챔스 1라운드 경기가 끝나자마자 잽싸게 귀국했다.

"삼촌!"

백하연이 활기차게 인사를 건넸다.

훈련실에서 웨이트 트레이닝을 하고 있던 서문엽은 백하연을 발견했다.

"하연이 왔구나. 어제 경기 잘 봤다. 용케 벤치에 안 있고 출전했던데?"

"어허, 내가 팀에서 얼마나 중요한 선수인지 알아? 삼촌이 알면 깜짝 놀랄걸? 나한테 월드 챔스 우승컵의 열쇠가 있는 셈이라고."

백하연은 큰소리치며 떵떵거렸다. 그 모습이 귀여워서 서문엽은 절로 웃음이 나왔다.

"알지. 무려 다니엘 만츠를 마크하는 특명을 받았는데."

유럽 챔스 결승전에서 백하연은 계속 선발로 나와 베를린 블리츠의 에이스 다니엘 만츠를 마크했다.

서포터지만 무척 빠르고 활발한 다니엘 만츠를 담당 마크할 선수는 역시나 발이 빠르고 순간 이동과 채찍까지 가진 백하연이었다.

백하연은 끈질긴 마크로 가뜩이나 할 일이 많은 다니엘 만츠를 계속 방해했다.

"나 잘했지?"

"응, 잘했어. 많이 성장했더라."

서문엽은 백하연의 등을 토닥여 줬다.


—대상: 백하연(인간)

—근력 80/82

—민첩성 90/90

—속도 95/95

—지구력 78/80

—정신력 81/81

—기술 73/75

—오러 70/70

—리더십 87/95

—전술 70/86

—초능력: 순간 이동, 로프


근력, 지구력, 기술이 두루 늘었다.

무엇보다 전술이 전에는 61이었던 것으로 기억하는데 지금은 70이었다.

유럽 챔스에서 중대한 임무를 맡아 수행하면서 전술적 이해력이 크게 성장한 것이다.

'엄청난 전술성을 가진 다니엘 만츠를 계속 관찰하고 쫓아다녔으니까.'

다니엘 만츠가 백하연에게 전술을 속성 과외 시켜준 셈이나 다름없었다.

어쨌든 선수로서 거의 완성된 조카를 보니 뿌듯했다.

이제 파리 뤼미에르 BC에서도 주전 경쟁을 펼칠 수 있는 수준이 되었다. 높은 리더십과 전술이 있으니 피지컬의 부족한 부분을 커버하고도 남는다.

"그런데 삼촌, 삼촌 몸집이 좀 커졌다?"

백하연은 서문엽의 어깨와 팔을 만져보며 말했다.

"하연아, 실은 말이다."

서문엽은 우수에 잠긴 눈으로 말했다.

"실은 삼촌은 그동안 인류를 위하여 일부러 근력을 약점으로 남겨뒀어요. 완벽한 나를 보고 너무 좌절하지 않도록 말이야."

"……."

"근데 이제 슬슬 삼촌이 봉인을 해제할 때가 된 것 같아서 말이야. 이제 삼촌은 근력도 약점이 아니에요. 완벽해져 버리고 만 것이지. 너무 허점이 없어서 비인간적이라는 이미지를 갖게 될 테지만 말이야."

"괘, 괜찮아, 삼촌. 삼촌은 성격에 문제가 있으니까. 악마의 재능 같은 캐릭터로 계속 흥행할 것 같아."

"악마의 재능? 그 표현도 멋있는데?"

백하연은 식은땀을 흘리며 악마의 재능이라는 표현에 심취한 서문엽에게서 떨어졌다.

그러고는 아버지이자 대표 팀 감독인 백제호를 보러 떠났다.

그런데 이윽고 또 다른 선수가 서문엽을 찾아왔다.

"으앙! 구단주님!"

요번에 새로 국가 대표로 뽑힌 이나연이었다.

울상이 된 얼굴에 '처음 태극 마크를 달아서 무지 부담돼요'라고 쓰여 있었다.

"그래, 넷티야. 악마의 재능이라 불리는 이 구단주님을 왜 찾니?"

이나연은 서문엽의 말투에서 위화감을 느낄 틈도 없었다.

"저 내일 선발 출전한대요. 어떡해요!"

"어떡하긴? 출전해야지."

"감독님이 구단주님과 피에트로 오빠랑 하연 언니를 보조하는 중요한 역할이래요. 제가 잘해야 세 분의 부담이 덜어진다고……."

"그래, 중요한 역할이지. 근데 넷티야. 너 방금 피에트로를 오빠라고 부른 거 실화니?"

"그게 중요한 게 아니잖아요! 소집되자마자 내일 바로 출전인데 A매치도 아니고 월드컵 예선 첫 경기에 심지어 상대가 일본이에요! 저 잘할 수 있을까요?"

"응, 아냐. 넌 아마 안 될 거야. 왜냐하면 피에트로 같은 노땅을 오빠라 부르기 때문이지. 언제부터 그런 사이가 됐니? 옥상에서 친해졌니?"

"으아앙! 어떡해, 어떡해!"

이나연은 머리를 싸쥐며 격렬하게 흔들었다. 서문엽의 헛소리 따위는 들리지도 않는 듯했다.

서문엽은 한숨을 쉬고는 연장자답게 이나연을 위로해 주기로 했다.

"넷티야. 삼겹살을 쌈 싸 먹는다고 상상해 보자."

"먹고 싶어요."

"…그래, 이따 사줄게. 일단 상상해 봐. 내가 메인인 삼겹살이고, 백하연은 밥이고, 피에트로는 상추야. 그럼 넌 뭘까?"

"쌈장?"

"아냐. 넌 있어도 그만, 없어도 그만인 마늘 같은 애란다. 그냥 넣은 거야. 없어도 맛있어."

"…진짜요?"

"그래. 제호 딴에는 널 격려할 생각으로 중요하다고 말해준 모양인데, 실은 뻥이야. 그냥 늘 하던 대로 펄쩍펄쩍 뛰면서 화살 날리며 꼬장 피우면 돼."

그제야 부담이 사라진 백하연은 다소 표정이 평온해졌다.

"그리고 말이다. 네 상품이 일본에서 불티나게 팔리는 거

알지?"

"일본에서도 잘 팔려요?"

잘 팔리는 것만 알지 구체적으로 어느 나라에서 특히 잘 팔리는지는 잘 모르는 이나연이었다.

"난리도 아니야. 네 브로마이드와 유니폼, 레플리카와 부채, 피규어까지. 아주 난리지."

"그 정도예요?"

이나연은 눈이 휘둥그레졌다.

알고 보면 관련 상품으로 알부자가 된 이나연.

데리고 있으면 계속 엄청난 초상권 수입을 벌어다 주기 때문에 YSM도 거액의 이적료를 제시하는 구단에 팔지 않고 데리고 있는 것이었다.

"내일 붙을 일본 선수들 중 상당수가 네 팬일 거야."

"진짜요?"

"그래, 넌 네 팬인 일본 선수들에게 네 존재감을 똑똑히 보여주는 거야. 다들 네게서 시선을 떼지 못할 때, 우리가 슥삭슥삭 킬을 해버리는 거지. 어때? 잘할 수 있지?"

"네!"

어느새 자신감을 충전한 이나연.

하지만 서문엽은 속으로 다른 생각을 하고 있었다.

'미안하지만 내일은 내 독무대야.'

혹독한 훈련으로 강해진 몸을 시험해 보고 싶어서 참을 수 없었다.

　내일은 경기가 시작하자마자 가벼운 견제인 척하고서 박살
을 내줄 생각이었다.


　　　　　　＊　　　　　＊　　　　　＊


　일본과의 예선 1차전은 서울에서 열렸다. 나중에 할 2차전
은 일본에서 치러야 할 터였다.

　어쨌거나 지금은 대한민국 대표 팀의 홈이었다. 경기장은
온통 한국 응원으로 가득 찼다.

　"대한민국!"

　"오 필승 코리아!"

　양 팀 선수들이 경기장으로 입장할 준비가 된 가운데, 서문
엽은 일본 선수들을 쭉 훑어봤다.

　'그럭저럭? 전체적으로 밸런스가 고르고 딱 평균이구만.'

　어느 한 부분에 특출하지 않고, 큰 단점도 없이 고른 능력
치들을 가지고 있었다.

　이게 밸런스를 중시 여기는 일본의 스타일이었다.

　완벽한 조화를 이루는 조직력으로 승부하는 스타일인데,
어찌 보면 엠레 카사 감독의 베를린 블리츠가 구사하는 스타
일과도 닮았다고 할 수 있었다.

　하지만 단점이 없지 않았다.

탱커의 비중을 줄이고 기동성을 중시한 3탱커 체제인데, 그 탱커 3인 중에 뚜렷하게 강력한 근력과 지구력을 지닌 선수가 없었다.

탱커의 숫자가 적은 만큼 적의 공세를 감당할 메인 탱커는 튼튼해야 하는데, 일본은 피지컬 쪽에 고질적인 약점을 갖고 있었다.

일본 측 메인 탱커의 근력이 서문엽과 동일한 85이니 말 다 한 셈이었다.

'이러면 내 밥이지.'

서문엽은 벌써부터 머릿속에 승리의 그림이 그려졌다.

경기장 중앙으로 입장한 뒤에 서로 악수를 나누고 각자의 위치로 돌아갔다.

접속 모듈에 들어가 던전에 접속했다.

1세트 던전은 괴물 연구소.

지하로 내려가는 탑 형태로 되어 있는데, 층마다 생체 실험 중이던 각종 괴물들이 오러로 이루어진 투명한 벽에 보관되어 있다.

이곳은 한때 지저 문명이 괴물을 제작하던 대규모 시설이었다.

공략 불가 던전은 아니지만, 이곳이 지저 문명의 괴물 군단의 주요 생산지라고 판단하여서 전 세계 연합 초인 군단이 투입되어 공략했다.

서문엽은 피에트로를 바라보았다.

작은 말이라도 팀원들에게 전달되므로 대화를 나눌 수는 없었지만, 눈빛만으로도 소통이 가능했다.

'여기 네가 아는 곳이냐?'

'별로 중요한 곳은 아니었다.'

'그럴 줄 알았다. 신종 괴물이 연구되는 흔적은 없었으니까.'

그냥 흔해 빠진 괴물을 찍어내는 곳에 불과했다.

물론 괴물 생산지인 만큼, 괴물의 숫자가 매우 많은 점은 주의해야 했지만 말이다.

1세트 경기가 시작되었다.

괴물을 가둬놓은 투명한 오러 벽이 사라졌다.

주로 식물 타입의 각종 괴물들이 쏟아져 나오기 시작했다.

메인 오더를 맡은 서문엽이 지시를 내렸다.

"탱커와 근접 딜러 앞으로. 심영수가 화력을 퍼부어서 재빨리 사냥한다. 이나연은 화살 아껴."

이에 심영수가 식물에게 효과가 좋은 폭발 구체를 마음껏 구사하기 시작했다.

피에트로가 있는 지금, 심영수는 한국 대표 팀의 주요 화력이 아니었기 때문에 오러를 아낄 필요가 없었다.

콰르르릉!

퍼엉! 화르르!

심영수가 폭발 구체를 각종 식물형 괴물들의 한복판에 꽂아 넣었다.

앞장서 있던 탱커들과 근접 딜러들이 무기를 휘두르며 베어 넘기기 시작했다.

11명의 한국 대표 팀은 쉽사리 1층의 괴물들을 정리하고서 지하 2층으로 내려갈 수 있었다.

2층에서 서문엽은 색다른 지시를 내렸다.

"백하연, 이나연은 날 따라와. 셋이서 먼저 2층을 가로지른다. 피에트로는 약 4분 뒤에 지하 3층 입구로 공간 이동해서 합류. 나머지는 천천히 2층 사냥을 끝내고 따라와. 이해했어?"

"네."

"알았다."

다들 대답했다.

서문엽, 백하연, 이나연, 피에트로.

이 4인이 먼저 빠르게 3층에 가서 적 진영에 접근하겠다는 뜻이었다.


\*　　　　\*　　　　\*


서문엽이 전력 질주로 2층을 가로지르기 시작했다.

백하연과 이나연이 뒤를 따라왔지만, 가로막는 괴물들을 앞장서서 뚫는 역할은 서문엽이 맡았다.

콰지지직!!

무자비한 찌르기!

가시로 피를 빨아먹는 나무 괴물 파둠이 찌르기 한 방에 박살 나버렸다.

튼튼하고 질긴 나무로 된 괴물이 이렇게 한 방에 즉사하는 일은 드물었다.

서문엽의 강해진 근력이 전달되어 엄청난 공격력이 된 셈이었다.

"비켜, 이 새끼들아!"

서문엽은 사방에서 다가오는 공격을 피해 360도 턴을 한 뒤.

콰드드득!!

방패로 또 한 놈을 쪼개 버렸다.

연이어 창으로 찔러 또 한 놈을 킬.

파워풀한 서문엽의 사냥에 뒤따르는 이나연과 백하연은 깜짝 놀랐다.

평소에 힘보다는 테크니컬하게 싸우던 서문엽은 오늘따라 굉장히 터프했다.

그때, 넝쿨이 잔뜩 엉킨 덩어리로 이루어진 괴물이 잔뜩 등장했다.

촤아악!

넝쿨 괴물들이 일제히 넝쿨을 그물처럼 넓게 쏘았다. 사방에서 하늘을 덮을 듯한 기세라 피할 곳이 없어 보였다.

서문엽의 창이 움직였다.

스각!

넝쿨을 베어 틈을 만들었다. 그 틈새로 몸을 날렸다.

절묘하게 통과한 서문엽은 바로 넝쿨 덩어리에 창을 찔렀다.

푹!

켁!

한 방에 덩어리 안에 있는 핵을 꿰뚫어 버렸다.

슈슈슉!

창이 연속으로 번개처럼 움직였다.

넝쿨 괴물들이 잇달아 핵을 꿰뚫려 죽어나갔다.

정확성과 스피드는 여전히 발군인 서문엽의 창 솜씨였다.

번개처럼 창을 쓰고, 파워풀한 힘으로 방패를 휘둘렀다.

그렇게 괴물들을 죽이며 거침없이 돌파한 서문엽은 지하 3층으로 내려가는 계단에 이르렀다.

지하 3층으로 내려가자.

파앗!

피에트로가 공간 이동을 써서 나타났다.

"가자. 먼저 가서 적이 올 곳에 잠복해야 해."

네 사람은 최대한 괴물이 없는 루트로 이동했다. 괴물과 마주쳐서 싸우는 건 불가피했지만, 최대한 조용히 처리하고 나아갔다.

잠복할 포인트를 찾았는데, 하필 그곳은 사령거미들을 생산하는 시설이었다.

사령거미는 살아 있는 생명체를 거미줄로 납치해 죽이고 좀비로 부리는 흉악한 괴물이었다.

지금은 투명한 오러 벽에 갇혀 있지만, 사람이 가까이 접근하면 오러 벽이 사라진다.

사령거미들이 날뛰면 매복의 의미가 없는 것이다.

서문엽이 입을 열었다.

"넷티."

"네?"

"네가 나설 차례다. 저 괴물들 죄다 유인해서 어디론가 가 버려."

"히익! 저 살아남을 수 있을까요?"

이나연이 겁먹은 표정이 되었다. 그러나 표정과 달리 몸은 이미 앞으로 나서고 있었다. 의외로 시키는 임무는 곧잘 수행하는 충실한 성격이었던 것이다.

이나연이 달려들자 오러 벽이 사라졌다.

그 안에 갇혀 있던 사령거미들이 여러 개의 눈알을 희번덕거리며 이나연에게 식탐을 드러냈다.

이나연은 활을 쏴서 사령거미 6마리를 모두 자극했다.

그리고 좌측 통로로 달아나기 시작했다. 사령거미들이 일제히 이나연을 추격하며 함께 사라졌다.

"우와, 빠르다."

발 빠르기로 어디 가서 지지 않는 백하연도 혀를 내둘렀다.

백하연의 속도도 무려 95지만, 100을 다 찍어버린 이나연을 당해낼 수는 없었다.

거기다가 앞 점프까지 써서 껑충껑충 뛰면 그 속도는 상상 초월이었다.

"넷티야, 그대로 3층을 다 돌다가 내가 부르면 와."

─3층을 다요?

"어, 3층에 있는 괴물들을 싹 다 유인해서 일본 애들한테 선물로 주는 거지."

─네!

잠시 후, 일본 측 선수들이 모습을 드러냈다. 그들은 평범 하게 다 같이 2층 사냥을 정리한 후에 3층에 도착한 페이스였 다.

숫자는 11명.

보스 몹에 준하는 사령거미들이 다수 출현하는 지역이라 전원이 온 모양이었다.

11명이 모두 모여 있는 적에게 견제를 펼치는 건 좋은 생각 이 아니었다.

그러나 서문엽은 강행했다.

"넷티, 이제 와."

─네! 힘들어 죽겠어요!

이윽고 이나연이 괴물 떼를 뒤에 달고 나타났다.

깜짝 놀란 일본 선수들이 이윽고 함정이라는 것을 깨달았다.

그들은 괴물들을 유인하고 있는 이나연부터 죽이고자 했다.

하지만.

파아앗!

점프로 하늘을 날듯이 도약한 이나연. 벽을 딛고서 다시 한번 점프했다.

파앗!

다들 멍하니 그녀를 올려다봐야 했다.

이나연은 점프를 하며 일본 선수들을 지나쳤다.

그러나 뒤따라오던 괴물들은 그대로 일본 선수들과 충돌했다.

"포메이션!"

"포메이션 유지해!"

일본 선수들은 똘똘 뭉친 채 둥그런 대형으로 괴물들에 맞섰다. 사방을 경계하는 포메이션이었는데, 이나연 혼자뿐일 리가 없었기 때문이다.

그들의 예상대로, 혼잡스러운 틈을 타서 서문엽이 나섰다.

서문엽은 선물로 냅다 창을 던졌다.

쉬이이익!!

낮게 깔려 날아간 창은 사령거미의 다리 사이를 통과한 뒤,

콰지직!

"흐억!"

—서문엽, 1킬.

일본의 근접 딜러를 처치했다.

서문엽은 창 하나를 더 꺼내 들고 소리쳤다.

"다 죽여!"

일본 측은 탱커들이 전방에 나와 서문엽의 앞을 가로막았다.

"여의치 않은데?"

바짝 뒤따르던 백하연이 나직이 물었다.

서문엽은 단호하게 말했다.

"뚫어버린다. 내 뒤만 쫓아와."

서문엽은 그대로 탱커들에게 똑바로 돌격했다.

탱커들도 방패를 들어 올리고 충돌할 준비를 단단히 했다.

충돌 직전.

서문엽이 좌우로 움직이며 혼란을 주었다.

이윽고 오른쪽에서 뛰어들며 창을 내질렀다.

얼굴을 노리는 창.

그러나 탱커가 방패를 위로 올리자, 창은 즉시 아래로 떨어

져 다리를 노렸다.

깜짝 놀란 탱커는 다리를 뒤로 빼서 찔리는 것을 피했다.

그러나 그 바람에 자세가 아주 잠시 불안정해졌다.

서문엽은 그 틈을 놓치지 않았다.

쿠우웅!!

그대로 어깨로 들이받았다.

몸통 박치기에 상대 탱커가 뒤로 형편없이 밀려났다. 서문엽의 창질에 흔들려 자세가 불안정한 채로 충돌한 탓이었다.

서문엽은 그대로 세게 밀어붙였다.

온 힘을 다했다.

몸을 짓누르는 중력 속에서 갈고닦은 근력이 폭발했다.

"으악!"

탱커가 뒤로 완전히 밀려나 넘어졌다.

서문엽의 창이 쓰러진 탱커의 복부를 꿰뚫었다.

—서문엽, 2킬.

아바타가 소멸하고, 서문엽에게 2킬이 정립되었다.

탱커 한 명이 죽자 탱커 라인에 구멍이 난 셈이었다.

그 구멍으로 서문엽이 짓쳐들어왔다. 뒤따르는 백하연도 탱커들의 방해를 받지 않고 침투하였다. 그녀는 이런 킬 기회를 놓치지 않았다.

쫘악!

채찍을 날려 한 명을 붙잡고, 달려들어 검으로 마구 베었다. 채찍에 팔 하나가 붙잡힌 상대는 대응하지 못했다.

―백하연, 1킬.

한편 서문엽은 일본 선수들에게 거의 둘러싸인 채 싸웠다.

일본 선수들이 서문엽만 집중적으로 죽이려 들었던 것.

그러나 그들의 예상과 달리, 서문엽은 둘러싸여도 쉽게 죽지 않았다.

'근력 증폭!'

근력 85가 증폭되어서 무려 95가 되었다.

삽시간에 엄청난 거력을 손에 넣은 서문엽은 눈앞에 보이는 탱커에게 있는 힘껏 창을 내질렀다.

근력 95.

거기에 100의 오러.

그리고 100의 기술이 담긴 완벽한 찌르기.

콰앙!

탱커는 방패를 들어 막았지만.

"헉!"

탱커는 방패와 함께 뒤로 밀려났다. 그대로 균형을 잃고 뒤로 엉덩방아를 찧었다.

탱커를 통째로 밀어버린 엄청난 찌르기!

모두들 경악했다. 서문엽에게 저런 엄청난 근력이 있다는 얘기는 못 들어봤다.

서문엽은 포위를 뚫고 빠져나왔다.

그렇게 두 사람이 열심히 싸우는 동안, 이나연도 합류해서 활을 쐈다.

11명의 일본 팀 전원과 싸우는데도 오히려 3킬을 하며 우세했다.

물론 그 우세는 기습으로 인한 일시적 효과였다. 괴물들 속에서 혼란을 틈탄 것이므로 계속 유리하게 싸울 수는 없었다.

그러나 한국 측도 아직 한 방이 남아 있었다.

파파파파파팟!

마법진 십여 개를 허공에 띄운 남자, 피에트로 아넬라였다.

마법진에서 영령들이 쏟아져 나오기 시작했다.

그리고 영령의 일격이 피에트로 스스로도 놀랄 만한 위력으로 펼쳐졌다.

강력한 영령들이 소환에 많이 응해준 것이다.

오러에 깃든 채 일본 선수들과 괴물들을 닥치는 대로 공격하는 영령들.

영령들이 주위의 모든 것을 쓸어버리고 있었다.


―피에트로 아넬라, 1킬.

─피에트로 아넬라, 2킬.
─피에트로 아넬라, 3킬.


삼시간에 3킬.

그야말로 대재앙이었다.

경악한 일본 측은 전의를 상실하고는 달아나려 했지만, 발빠른 이나연과 백하연이 가로막았다.

게다가 영령들은 활동 범위가 무척 넓었다.

영령들은 난폭하게 달아나는 일본 선수들을 뒤쫓았다.


─피에트로 아넬라, 4킬.


도합 7킬로 남은 일본 선수는 고작 4명.

그들은 서문엽이 마구 던지는 창과 백하연의 채찍에 의해 죽임당했다.


\*          \*          \*


─1세트는 대한민국의 승리입니다!

─4명이서 일본 팀 11명을 전부 처치했습니다! 이게 말이 됩니까!

─이건 프랑스 같은 강팀이 약팀을 상대할 때나 나오는 풍

경인데요. 우리가 일본을 상대로 이렇게 압도적이었던 적이 있었나요?

─서문엽과 피에트로! 두 사람의 조합이 얼마나 강한지 확인할 수 있었던 1세트였습니다.


"와아아아아아아!!!"

경기장은 관중들의 환호성으로 쩌렁쩌렁했다.

경기장의 관중들은 물론 TV를 통해 경기를 보던 시청자들도 엄청난 카타르시스를 느꼈다.

지금껏 한국이 이렇게 상대를 압도하는 모습은 배틀필드에서 볼 수 없었다.

엄청난 테크닉과 힘으로 상대 팀 탱커를 연달아 쓰러뜨려 적진을 헤집어놓은 서문엽.

그리고 소환술로 닥치는 대로 싹 쓸어버린 피에트로.

두 사람의 콤비 플레이는 반칙일 정도로 막강했다.

"존나 세잖아, 우리!"

"이러다 우리 월드컵 우승하는 거 아냐?"

"우리도 이제 강팀 됐다!"

관중들은 하나로 단합된 채로 응원의 목소리를 높였다.

1세트의 MVP로 서문엽이 선정되자 환호성이 더욱 커졌다.

킬은 피에트로가 더 많았지만, 탱커진을 무너뜨린 서문엽의 활약이 더 비중이 높았다는 판정이었다.

"와아아아아아!!!"

"서문엽! 서문엽! 서문엽!"

서문엽의 이름은 경기장에서 떠날 줄을 몰랐다.

당연히 서문엽도 기분이 좋았다.

"이야, 나 정말 세졌네."

근력 85의 위력을 체험한 서문엽은 스트레스가 다 풀린다는 후련한 표정이었다.

"삼촌, 진짜 세졌잖아! 대체 어떻게 된 거야!"

백하연이 놀라서 호들갑을 떨었다.

"말했잖니. 이제 이 삼촌은 완벽해졌다고."

"근력을 더 키울 수 있는데 왜 그동안 안 한 거야!"

"알다시피 삼촌은 악마의 재능이라 노력을 게을리했거든."

"무슨 소리야! 삼촌 완전 똥줄 빠지게 노력했다던데. 이상한 콘셉트 좀 그만 잡아."

"아무튼 이제 그만 세상에 알려줘야 할 때도 되지 않았니? 나에게 견줄 수 있는 선수는 아무도 없다는 걸 말이야."

자신만만한 서문엽.

백하연은 다시 발작한 삼촌의 중2병에 소름이 끼쳤다.

그런데 정말로 아무도 저 철딱서니 없는 삼촌을 당해낼 수 있을 것 같지 않았다.

파리 뤼미에르 BC에 있으면서 수많은 월드 클래스 선수들을 봤지만, 그중 삼촌보다 강할 것 같다는 사람은 본 적이 없었다.

오늘은 특히나 더욱 그랬다.

정면으로 뛰어들어서 탱커 라인을 무너뜨린 파워.

그리고 영상 자료로 봤던 것보다 훨씬 엄청난 위력을 보여
준 피에트로의 소환술까지.

'이러다 정말 내년 월드컵에서 난리 나는 거 아냐?'

백하연은 2020년에 월드컵을 한 번 겪어보았다.

끔찍한 추억이었다.

당시 선수 생활 3년 차의 신인이었는데, 아무것도 못 해보
고 참패당한 채 귀국한 기억이 났다. 그때 이후로 대표 팀에
소집되는 것 자체가 싫었다.

"자, 가자."

2세트가 시작되려고 하자 서문엽이 성큼 앞장서서 갔다. 빨
리 끝내고 놀자는 투였다.

그때와는 모든 게 달라져 있었다.


*　　　*　　　*


일본 측은 침울했다.

도저히 이길 수 있는 가능성이 보이지 않았던 것이다.

괴물 떼의 습격으로 혼란스러웠던 틈을 탔다고는 하지만,
어떻게 4명에게 11명 전원이 질 수 있단 말인가?

내용으로 보자면 사실상 서문엽, 피에트로 두 사람만 있어도 싸움이 성립될 터였다.

불리할 거라고 예상은 했지만, 뚜껑을 열어보니 상대도 되지 않았다.

그들은 도살장 끌려가듯 2세트에 출전했다.

2세트, 던전은 매립지.

실패작 괴물들을 버리는 최악의 장소였다.

정상적으로 제작되지 않아 어디 하나씩 하자가 있는 괴물들을 버리는 거대한 구덩이 구조의 던전.

지저 문명은 전쟁에서 불리한 상황에 내몰리자 인류의 초인들을 이곳으로 유인했다. 산더미처럼 쌓인 불량품들까지도 활용할 수밖에 없는 처지에 내몰렸던 것.

[말 그대로 매립지였다.]

'깜짝이야!'

갑자기 머릿속에서 피에트로의 목소리가 들리자 서문엽은 화들짝 놀랐다.

[그런데 이곳에 마구잡이로 버려진 괴물들이 희한한 생태를 이룬 것을 보고 다섯째 상급 사제가 관심이 생겨 관찰했지.]

서문엽은 피에트로를 쳐다보았다. 대체 무슨 수법으로 자신의 머릿속에만 목소리가 들리도록 조작했을까?

피에트로는 그 눈빛의 의미를 알아차리고는 설명했다.

[오러의 진동으로 음성을 내는 것은 알 테지? 그걸 응용했다. 진

동을 네게 보내면, 네 오러에 미세한 진동이 전달되어서 너에게만 내 말이 들리게 되지.]

'들어보지 못했던 수법인데. 저 자식이 개발한 방법인가? 별 희한한 짓을 다 하네.'

[응용하면 성대로 말하는 미개한 방법보다 훨씬 빨리 많은 말을 전달할 수 있게 된다. 어렵지 않으니 연습해 보도록.]

피에트로는 훈계로 설명을 마무리 지었다.

정말 한결같이 재수 없었지만, 요즘 피에트로에게 신세 진 게 많아서 꾹 참았다.

매립지의 괴물들은 어디 한 군데씩 장애가 있다.

하지만 그 결점을 서로 보완해 주는 놀라운 생태 구조를 갖고 있었다.

본래는 서로 싸우고 잡아먹으며 지옥 같은 혼란이 있으리라 예상했지만, 그런 지저 문명의 예상과 달리 결점이 있는 괴물들은 서로 부족한 부분을 도우며 공생했다.

생존에 대한 강력한 본능은 폭력적인 괴물들로 하여금 집단을 이루게 한 것이었다.

[어찌 보면 버려진 세계의 축소판이라고 할 수 있겠군. 인간의 도덕성은 질서 있는 집단이 무질서한 집단을 이기고 살아남은 자연스러운 약육강식을 통해 생겨났지. 그와 같은 법칙이 괴물들에게도 똑같이 적용되는 셈이다. 이건 다섯째의 말대로 더 연구할 가치가 있었는데 내가 미처 생각 못 했어.]

서문엽은 피에트로의 말이 옳다고 생각했다.

'정말 짧은 틈에 많은 말을 전달하는구나.'

말수가 적은 피에트로가 저렇게 설명을 쏟아내니 말이다.

덕분에 매립지를 보며 쓸데없는 감상에 젖었다.

이곳도 과거 서문엽이 공략을 주도한 공략 불가 던전이었다.

불량품 괴물들이 쏟아져 나오는 단순한 구조인데, 인류는 이 던전 공략을 번번이 실패했다. 단순히 괴물들 숫자가 너무 많았기 때문이라고 하기에는 이상한 결과였다.

그리고 서문엽에 의해 괴물들의 집단행동이 단순한 구조가 아님이 밝혀졌다.

일반적인 괴물 군단에 비해, 매립지의 괴물들은 서로 긴밀한 협조를 하고 있어 놀라울 정도의 팀워크를 보여줬다.

서문엽은 이에 맞서 공략 팀에도 긴밀한 조직력을 구축했다.

사전에 보름간 훈련하여서 조직력 훈련을 한 뒤에 뛰어들었고, 장장 사흘간의 사투 끝에 승리했다.

서문엽이 주도해 본 가장 큰 규모의 공략이었다.

'그때 지저인 놈들이 이 매립지의 괴물 생태를 참고하지 않아서 다행이라고 생각했지. 놈들의 괴물 군단이 매립지의 괴물들처럼 조직력이 뛰어났다면 인류는 멸망했을 거다.'

지저 문명은 전쟁에서 승리할 수 있었던 또 다른 기회인 매립지를 그냥 인류에게 손쉽게 내줘 버렸다. 이것도 전쟁의 패

착 중 하나였으리라.

아무튼 이곳에서의 경기 방식은 간단했다.

쏟아지는 괴물들로부터 생존한다.

그리고 중간중간 괴물들의 출몰이 잠잠해지는 시간이 있는데, 그 틈에 상대 팀과 싸우는 것이다.

다시 쏟아질 괴물들로부터 살아남지 못하도록 상대 팀에게 타격을 입히는 것이 주요 경기 방식이었다.

"탱커들 앞으로."

서문엽의 말에 탱커들이 앞으로 나섰다.

탱커의 숫자는 서문엽을 포함하여서 무려 5명.

5탱커 전술을 다시금 꺼내 들었는데, 이는 사방에서 괴물들이 쏟아지는 매립지의 특성상 어쩔 수 없이 탱커가 많이 필요하기 때문이었다.

탱커 5인이 다섯 방면을 막아섰고, 그 뒤에 딜러들이 보호받고 있었다.

그리고 이번 2세트는 조승호도 출전했다.

조승호는 원진의 가장 중앙에서 보호받고 있었는데, 아껴뒀다가 오러를 전달해야 했기 때문이다.

조승호 덕에 피에트로가 영령의 일격을 몇 번 더 펼칠 수 있어도 어마어마한 이득이 아닌가?

"피에트로는 내가 지시하기 전에는 절대 초능력을 쓰지 마."

"알았다."

"그리고 이나연, 백하연."

"네!"

"응, 삼촌."

"훈련했던 거 기억하지? 괴물 떼에 매몰되지 않으려면 너희 역할이 중요해."

두 여자는 고개를 끄덕였다.

마침내 2세트가 시작되었다.

깊고 큰 구덩이 두 개가 있고, 그 두 구덩이를 잇는 작은 통로 하나가 있다.

구덩이에는 한국 팀과 일본 팀이 각각 있는데, 그 안으로 괴물들이 물밀듯이 쏟아지기 시작했다.

크라라라!

키키키!

시이이이익……!

희한한 광경이었다.

본체를 어딘가에 숨긴 채 긴 줄기만 내뿜는 자드룬과 기생 식물 미스텔, 그리고 넝쿨 괴물이 서로 어지럽게 뒤엉켜 있는 광경 말이다.

세 괴물이 엉켜서 서문엽 일행을 둘러쌌다.

그리고 그물망처럼 마구 엉켜 있는 틈새로 뱀들이 쏟아져 나왔다.

새끼 세르펜들이었다.

정확히는 성장 장애가 있어 성체로 자라지 못하는 세르펜들.

일반 성체 세르펜처럼 철갑도 두르지 않았고 거대하지도 않지만, 날카로운 이빨과 맹독은 가지고 있는 놈들이었다.

새끼 세르펜들은 자드룬과 미스텔과 넝쿨 괴물이 엉켜서 만든 수풀 사이를 자유롭게 오가며 사람을 공격했다.

'새끼 세르펜이 중독시키면 다 같이 식사하는 패턴이었지, 아마.'

괴물치고는 정말 놀라운 팀워크 아닌가?

하지만.

"심영수, 난사."

"예!"

지시를 받은 심영수는 폭발 구체를 마음껏 난사하기 시작했다.

저렇게 식물형 괴물들이 엉켜 있는 것은 괴물들에게도 좋지 않다. 불 속성 초능력에 더 큰 피해를 입기 때문이다.

콰르릉! 콰릉!

화르르르르!

1세트와 마찬가지로 심영수가 초반부터 초능력을 마음껏 펼쳤다. 결정적인 순간을 위해 아끼고 아끼는 것보다는 이편이 심영수 본인의 성격에도 어울렸다.

수풀이 화염에 불타 사라지자 새끼 세르펜들도 썰물처럼

달아났다. 더는 자신들을 보호해 줄 환경이 없으니 곧바로 싸우지 않겠다고 판단한 것이다.

뒤를 이어서는 자드룬이 본격적으로 나섰다.

자드룬의 굵직한 뿌리들이 골격이 되었다. 그리고 넝쿨 괴물들이 그 위로 뒤엉켜서 살을 이루었다.

그리고 놀랍게도 끈끈한 액체로 이루어진 괴물 점액충이 그 위를 덮었다.

평소에는 다양한 속성의 원소에 저항력이 강한 점액 상태로 있다가, 식사를 할 때는 점액을 산성으로 만들어 먹이를 녹인다. 형태를 자유자재로 바꿀 수 있는 위험한 몬스터였다.

이곳의 점액충은 역시나 하자가 있는지 자기 형태를 자유자재로 바꾸지는 못했다.

그러나 지금은 폭발 구체로부터 보호해 주는 훌륭한 살가죽이 되었다.

자드룬, 넝쿨 괴물, 점액충이 합쳐진 이족 보행의 괴물체! 크기만도 족히 10m는 되었다.

충분히 경악스러운 광경이었으나, 이미 선수들은 다들 수없이 모의 훈련에서 사냥해 본 타깃일 뿐이었다.

서문엽이 달려들어 괴물체의 오른팔을 창으로 박살 냈다.

콰지직!

단방에 찢겨져 나가는 오른팔!

그러나 자드룬의 뿌리와 넝쿨들이 다시 뭉치며 오른팔을

재생시켰다.

서문엽이 지시했다.

"이나연, 백하연, 시작해."

그러자 이나연과 백하연이 포메이션에서 빠져나와 괴물들 사이를 질주하기 시작했다.

키키키키키키!

시이이이!

괴물들은 진형에서 나와 단독으로 움직이는 두 사람을 좋은 사냥감이라고 생각했다.

두 사람이 괴물들을 유인하여서 포위망을 풀어주는 역할을 담당한 것이다.

두 사람은 각각 점프와 순간 이동이라는 탈출기까지 있으니 괴물들에게 쫓겨 다녀도 무사할 터였다.

두 사람이 괴물들을 끌고 가준 덕에 나머지 일행은 다소 여유가 생겼다.

"다들 괴물체부터 정리하고 있어. 난 따로 간다!"

서문엽은 그 틈을 타서 일본 측이 있는 구덩이로 달려갔다.

괴물들이 쏟아지는 지금 시간에 설마 견제를 하러 올 거라고는 상상 못 할 거라는 맹점을 노린 것이다.

좁은 통로를 통해 일본 측의 구덩이에 온 서문엽.

괴물들에게 둘러싸인 채 열심히 사냥하는 일본 선수들을 포착하고는 창을 던지는 그립으로 고쳐 쥐었다.

창을 던지기에는 여의치 않았다. 괴물들이 워낙 많아서 맞힐 수 있을지 알 수 없었다.

하지만.

'증폭, 기술.'

서문엽은 기술을 증폭했다.

기술이 110이 되었다.

창을 들고 타이밍을 재던 서문엽은 이윽고 힘껏 던졌다.

쉬이익!

창이 아름다운 스크루를 그리며 날아갔다. 그리고 절묘하게 괴물들의 틈바구니로 빠져나갔다.

이윽고.

콰직!

―서문엽, 1킬.

"뭐라고?!"

"이게 무슨!"

"서문엽이다! 창을 던졌어!"

일본 측 선수들이 크게 당황했다.

이번에도 서문엽이 노린 타깃은 탱커였다.

탱커가 하나 없어지자 괴물들에게 대항하던 포메이션에 구멍이 났다. 갑자기 서로 손이 꼬이면서 괴물들과 싸우기 버거

위졌다.

말도 안 되는 킬을 해낸 서문엽.

그러나 다시 창을 한 자루 더 꺼냈다.

또 창을 던질 듯한 자세를 취하니, 일본 선수들은 괴물 떼와 싸우랴 투창을 신경 쓰랴 정신이 없었다.

쉬익!

또 던졌다.

창은 이번에도 스크루였다.

대기하고 있던 근접 딜러 한 명이 일본도를 들고 뛰어올랐다. 창을 쳐내기 위해서였다.

그러나 창은 중간에 방향을 확 틀었다. 급히 일본도를 휘둘렀지만 헛스윙이었다.

뚝 떨어진 창은 그대로 활로 싸우던 원거리 딜러를 맞혔다.

콰직!

―서문엽, 2킬.

"말도 안 돼!"

일본 선수들은 허탈감에 빠졌다.

창이 이상한 궤도를 그리며 날아왔다.

저런 변화가 심한 투창을 하면서도 어찌 이토록 정확도가 높을 수 있단 말인가?

그들은 서문엽이 인간으로 보이지 않았다.

씨익 웃어준 서문엽은 그쯤이면 됐다 싶어 되돌아갔다.

9명으로 줄어든 일본 대표 팀은 계속 쏟아지는 괴물들과 싸우기가 점점 버거워했다.

그러다가 한참의 시간이 흘렀을 때, 결정타를 먹었다.

공간 이동으로 나타난 피에트로가 영령들을 잔뜩 소환해 버린 것이다.

폭풍이나 다름없는 소환술에 휩쓸린 일본 선수들은 절반 이상 데스당했고, 그대로 2세트가 끝나 버렸다.

한 방에 6킬을 한 피에트로가 2세트의 MVP가 되었다.

접속 모듈에서 나온 한국 선수들은 서로를 끌어안으며 기뻐했다.

덤덤한 것은 가장 활약했던 서문엽과 피에트로였다.

"왜 이렇게 기뻐하는지 모르겠군. 손쉬운 승리가 아닌가."

"상대가 일본이라 그래. 아, 네 오토바이 엔진은 잘 만들고 있냐?"

"깜빡했다. 내가 왜 그걸 만들어야 하는지 몰라서 말이다."

"이 새꺄, 원하는 게 뭐야? 들어줄 테니까 좀 만들어줘."

"원하는 게 별로 없는데 천천히 생각해 봐야겠군."

서문엽과 피에트로는 사소한 입씨름을 하며 선수 대기실로 돌아갔다.

지역 예선 첫 경기는 한국의 승리였다.

지역 예선을 통과하는 거야 어려운 일이 아니었지만, 세계 랭킹에서 나름 중상위권에 속했던 일본을 압도했다는 점에서 한국 팬들의 기대감을 불러일으키고 있었다. 어쩌면 내년 월드컵 본선에서도 좋은 성적을 낼 수 있다고 말이다.

제6장

# 궁극의 경지

일본에 대승을 거둔 후, 한국에서 배틀필드에 대한 관심이 폭발적으로 늘었다.

그동안 한국은 배틀필드에 싫증을 느껴왔다.

한 번도 국가 대항전에서 속 시원하게 이긴 적이 없었고, 프로리그 또한 대부분 운영이 수비적인 한 타 싸움 위주였기 때문이다.

그런데 이번 경기는 공격적이고 상대를 학살하다시피 한 대승이었다. 더욱이 상대는 아시아의 강호이자, 한국인이 무척 싫어하는 라이벌 일본.

서문엽에 피에트로까지 있으니 대한민국 대표 팀도 드디어 강팀의 반열에 올랐다는 기대감이 실현된 셈이었다.

〈대한민국, 월드컵 우승 후보로 떠올라〉
〈전 세계가 놀란 한국의 경기력〉
〈월드컵 진출 청신호〉

언론들이 국뽕 놀이를 하며 벌써부터 월드컵 우승이 가능하다느니 떠들기 시작했다.

이후로 이란, 베트남과 예선전이 이어졌는데, 이번에는 서문엽과 피에트로의 출전 없어도 승리를 차지했다.

이제 남은 상대는 중국뿐.

예선 통과는 문제없었지만, 중국과는 어느 쪽이 아시아 최강인지 가린다는 의미에서 기대를 받고 있었다.

어느새 중국과 아시아 최강 자리를 겨룬다고 말할 정도로 눈이 높아진 한국 팬들이었다.

중국 측에서도 서문엽과 피에트로를 무시할 수 없었기 때문에 몹시 경계하는 분위기였다.

하지만 그러거나 말거나, 서문엽은 개인 훈련장에서 훈련에 매진했다.

"끙차!"

지친 몸을 일으킨 서문엽은 다시 무거운 몸으로 창을 휘두르기 시작했다.

몸을 짓누르는 중력도 이제는 익숙해졌다.

중력에 저항해 계속 움직이고 있는 것만으로도 근력이 쑥쑥 오르니 서문엽은 이 고통이 즐거웠다.

—대상: 서문엽(인간)

—근력 87/88

—민첩성 98/99

—속도 80/81

—지구력 93/94

—정신력 110/111

—기술 100/101

—오러 102/103

—리더십 100/101

—전술 100/101

—초능력: 분석안, 던지기, 불사, 증폭, 영혼 연성

근력이 85에서 87로 그새 2가 더 올랐다.

대표 팀 주장이자 한때 부동의 메인 탱커였던 채우현의 근력이 88이다.

그와 비슷해졌으니, 이제 비로소 탱커다운 근력을 손에 넣은 것이다.

'근력이 세다는 게 이렇게 편한 것인 줄은 몰랐지.'

일본과 경기 때, 근력을 95로 증폭시켜서 상대 탱커를 일격에 거꾸러뜨린 상황이 있었다.

그때 별다른 테크닉 없이도 상대측 탱커를 이렇게 쉽게 눕힐 수 있다는 것에 감동마저 느꼈다. 이렇게 쉽다니?

'제럴드 워커 같은 애들은 대체 얼마나 쉽게 경기를 한 거야?'

그냥 힘으로 냅다 밀면 당해낼 놈이 없는데, 얼마나 경기가 쉬웠을까?

물론 그들도 그들만의 고충이 있지만, 서문엽은 민첩성과 기술까지도 약점이 없었기 때문에 남 얘기였다.

'근력 100을 달성하면 그때부터는 아예 적수가 없어진다.'

지금도 최강인 서문엽이 근력마저 100이 된다면, 그때는 비견될 만한 선수도 사라질 것이다.

물론 서문엽은 그걸로 만족하지 않았다.

그의 궁극적인 목적은 배틀필드가 아니었다.

스스로를 왕이라 칭하는 예언의 괴물과 싸울 때를 대비해야 한다.

서문엽이 기준으로 삼고 있는 것은 만인릉의 황제였다.

만인릉 황제와 싸웠을 때는 피에트로와 함께 공격했는데도 개고생을 했다.

심지어 언데드라서 살아생전의 본래 실력에는 턱없이 모자랐는데도 말이다.

'그 대단했던 살아생전에도 예언의 괴물을 죽이지는 못하고 그냥 쫓아냈다고 했지?'

그게 문제였다.

세월이 많이 흘렀으니 예언의 괴물은 그때보다 더 강해졌을 터였다.

그렇다면 최소한 살아생전의 만인릉 황제 정도는 되어야 대적할 수 있다는 것인데, 지금의 서문엽은 언데드인 만인릉 황제조차 일대일로 이기지 못한다.

'그러니까 우선적인 목표는 언데드였던 만인릉 황제보다 강해지는 거다.'

최소한 그 정도는 되어야 싸움이 성립될 것 같았다.

다행히 가망은 있었다.

'영혼 연성' 덕에 한계가 사라졌으니까, 이론적으로는 무한히 강해질 수 있다는 뜻이 아닌가.

일단 근력과 지구력을 100까지 올리면, 언데드 만인릉 황제와 일대일로 승부를 볼 수준까지 도달할 수 있을 것이라고 생각됐다.

거기다가 한 가지 더 놀라운 성장을 보이는 능력치가 있었다.

바로 오러.

이미 100을 돌파했던 오러가 다시 1 올라서 102가 된 것이다.

오러 수치가 102가 되자 놀라운 일이 벌어졌다.

마력을 갈취하도록 만들어져 있는 장치에도 불구하고 서문엽의 오러는 꿈쩍도 하지 않았다.

딱히 뺏기지 않으려고 잘 갈무리하지 않아도, 서문엽의 오러는 흔들림 없이 굳건하게 체내에 있었다.

'너무 익숙해졌나? 이제 좀 싱거울 정도인데. 강도를 좀 더 올려달라고 부탁해야겠다.'

이제 오러를 흡수당하지 않기 위해 긴장해야 할 필요가 없어졌다. 계속 긴장감을 느끼며 훈련했던 서문엽으로서는 어딘가 허전했다.

귀환석을 써서 돌아간 서문엽은 피에트로를 찾아갔다.

"훈련장 강도를 좀 더 높여줄 수 있어?"

"그 정도로도 부족함은 없었을 텐데?"

"부족해."

서문엽은 더 이상 자신의 오러가 흔들리지 않는다고 이야기했다.

설명을 듣고 난 피에트로는 고개를 끄덕였다.

"인간의 한계를 넘어섰군."

"그건 당연한 얘기고."

"아니, 오러양을 뜻하는 게 아니다."

"그럼?"

"오러를 컨트롤하는 능력이 인간의 수준을 넘어섰다는 뜻이다."

"그런가?"

"오러를 흡수하는 장치는 괜히 만들어준 게 아니다. 오러를 통제하는 기초적인 수준까지 연습하기에 좋은 훈련법이지. 어차피 인간에 불과하니 그 정도로 충분하다고 생각했는데 생각보다 성장이 빠르군."

"어쩐지 훈련 효과가 좋더라. 그러니까 강도를 더 높여줘. 내 오러를 더 강하게 빨아들이도록 설정하면 되잖아?"

그러나 그 말에 피에트로는 고개를 저었다.

"소용없다. 이제는 의미 없는 훈련법이다."

"어째서?"

"자기 오러를 남에게 안 뺏기는 건 기본 중의 기본이다. 더 강도를 높여도 네 오러는 이제 꿈쩍도 하지 않겠지."

"그럼 이제 어떻게 수련해야 하는데?"

피에트로는 손가락 하나를 까딱했다.

팟!

순식간에 공중에 떠오르는 작은 마법진.

그 마법진을 보여주며 피에트로가 말했다.

"이걸 인간이 할 수 있을 것 같나?"

"말이 되냐? 흉내도 못 내지."

인간은 오러 사용법이 한정되어 있었다.

육체 능력을 활성화시키거나, 무기에 집중하거나, 초능력에 사용한다.

하지만 지저인은 초능력 없이도 오러를 다양하게 활용한다. 그야말로 찰흙처럼 마음대로 만지면서 자기만의 공격 패턴을 펼친다.

당연하지만 인간에게는 불가능한 능력이었다.

마법진을 사라지게 한 피에트로는 검지를 들었다.

"그럼 이건 어떠냐?"

검지에 오러가 모였다.

그대로 검지로 동그라미를 그린다.

검지에서 나온 오러가 동그라미 형태를 유지했다.

"할 수 있겠나?"

서문엽은 고개를 갸웃거리더니 자신도 검지를 들어서 따라 해 보았다.

검지를 통해 오러를 발산하며 원을 그렸다.

그러나 오러는 검지에서 발출되자마자 흩어져 버렸다.

계속 원 형태를 허공에서 유지하고 있는 피에트로와는 대조적인 모습이었다.

계속 시도해 본 서문엽은 고개를 저었다.

"안 돼. 신체 밖으로 나오자마자 오러가 흩어져 버려."

"맞다. 인간의 오러 통제력으로는 흉내 내지 못하지."

인간의 오러 통제력은 자신의 체내가 한계였다.

신체와 접촉한 상태에서는 오러를 유지할 수 있지만, 신체에서 떨어지면 오러가 통제력을 상실하고는 연기처럼 흩어져 버린다.

"하지만 넌 인간의 한계를 넘어섰으니 할 수 있을 거다."

피에트로는 여러 개의 동그라미를 만들며 말했다.

서문엽도 계속 시도하고 있었지만 성공하지 못했다.

"음, 안 되는 것 같은데."

"무기 영체화도 안 될 것 같았는데 해냈지?"

"그야 그렇지."

"이게 무기 영체화보다는 훨씬 쉽다."

"그야 그렇겠지만."

계속 시도하지만 여전히 감을 못 잡고 있는 서문엽을 보며, 피에트로는 의문을 느꼈다.

이 정도도 못하면서 영체화의 경지는 어떻게 이룬 것일까?

'영체화의 경지는 오러와 상관있는 게 아니었던 건가?'

지저 문명의 역사상으로 봐도 영체화의 경지에 이른 이는 극소수였다.

그 경지에 이르기 위하여 지저인은 부지런히 오러를 갈고닦았다.

그런데 오러 통제력이 기초적인 수준에 불과한 서문엽이 영체화의 경지는 물론이고, 만인릉 황제밖에 못했던 무기 영체화까지 해냈다.

아무래도 궁극의 경지는 오러를 갈고닦는다고 해서 얻어지는 게 아닌 모양이었다.

"넌 대체 어떻게 영체화를 할 수 있게 된 건가?"

피에트로는 궁금해서 물어보았다.

"음, 글쎄."

서문엽은 곰곰이 생각하더니 답했다.

"죽음을 초월했다고 해야 하나?"

"뭐라고?"

"나도 잘 몰라. 그렇게밖에 설명할 길이 없어."

불사를 증폭시켜서 영체화가 됐으니 틀린 설명은 아닌 셈이었다.

이해하지 못한 피에트로는 이내 포기했다.

"어쨌든 훈련장의 중력은 더 강도를 높여주지. 하지만 오러 컨트롤은 이제 허공에 원을 그리는 연습으로 해라."

"이거 정말 효과가 있는 거야?"

"오러 컨트롤은 모든 것의 기본이다. 몸을 쓰고 무기를 쓸 때도 기본적으로 영향을 미치는 것이니 틀림없이 효과가 있다."

그렇게 해서 피에트로는 친히 서문엽의 개인 훈련장을 다시 개조해 주었다.

중력은 전보다 더 강해졌고, 대신 오러를 흡수하는 장치는 사라졌다. 더는 의미가 없으니 훈련에 방해되지 않게 없애 버린 것이다.

서문엽은 한층 더 강한 압력으로 몸이 짓눌리자 짜릿함을 느꼈다.

"오, 묵직해서 좋은데. 훈련이 되겠어."

서문엽은 금세 훈련에 매진하기 시작했다.

훈련장을 떠나 자신의 숙소로 돌아온 피에트로는 생각했다.

'나도 가만히 있을 수는 없지.'

피에트로도 보다 강해지기 위하여 무언가를 해야 했다.

물론 그가 할 수 있는 훈련은 별로 없었다.

육체는 이미 한계였고, 오러 컨트롤은 이미 최고의 경지라 이보다 더 발전할 수는 없었다.

피에트로는 영혼의 결속력을 연마하기로 했다.

사령이기 때문에 육체와의 결속력이 취약한 부분이 약점이 될 수 있어 이 부분을 보완하기로 한 것이다.

영혼의 결속력을 훈련하는 가장 좋은 방법은, 바로 영령계로 진입하는 것이었다.

영령계로 너무 깊숙이 가면 육체와의 결속력이 끊어져서 영원히 헤매게 된다. 그렇기 때문에 영령계를 탐사하는 일은 사제들만이 가능했다.

피에트로는 영령계를 계속 돌아다님으로서 결속력도 단련하고, 영령들과도 신뢰 관계를 구축하는 일도 했다.

영령계를 떠돌다가 피에트로는 문득 왕이 생각났다.

자신을 사로잡으려다가 실패한 왕은 지금쯤 크게 후회하고 있을 터였다.

아마 지금도 영령계의 깊은 구석에서 자신이 또 만나러 오기만을 애타게 기다리고 있을지도 모른다.

'한 번 가볼까?'

영령계에서만 보는 거라면 위험할 게 없었다.

이제 왕도 딴생각을 품지는 못할 터였다.

깊이.

더 깊이.

피에트로는 어떤 영령도 존재하지 않는 까마득한 경지로 나아갔다.

그리고 샛길에 이르러 왕을 만났다.

[왔구나!]

반가움이라는 솔직한 감정이 물밀듯이 밀려왔다.

역시나 왕은 애타게 그를 기다리고 있었다.

[다시는 안 찾아올까 봐 걱정했다고.]

[그럴 짓을 했지.]

[알아. 안다고. 다시는 안 그럴 테니 계속 날 만나러 와다오.]

[뻔뻔한 건지 솔직한 건지 모르겠군.]

[뻔뻔한 게 맞겠지. 내가 솔직한 성격은 아니잖아.]

왕은 뻔뻔스럽게 대꾸했다. 피에트로와 재회한 기쁨이 느껴졌다.

　　　　　*　　　　　*　　　　　*

[넌 정말 나에게 많은 흥미를 주었지. 그래서 내가 욕심을 냈어.]

　왕의 말에 피에트로가 말했다.

[그리고 나에게 흥미 있는 이야기를 들으면 들을수록 호기심도 더욱 커져갔겠지.]

[아는군?]

　놀란 왕의 감정이 풍겨왔다.

[그게 너를 어리석다 한 이유다, 왕이여.]

[내가 어리석다니?]

[아무리 궁금증을 채워도 더 궁금해지니 끊임없이 갈증에 시달리는 꼴이다. 네가 지금까지 해온 일이 그러하다.]

[으음…….]

　왕은 그 말을 곰곰이 곱씹어보았다. 그러나 여전히 모르겠다는 감정이 느껴졌다.

[나는 너에 대하여 한 가지 사실을 추측할 수 있었지.]

　피에트로의 말에 왕은 호기심을 또 드러냈다.

[그게 뭐지?]

[영혼을 다루는 데 있어 그 정도까지 고단수의 수법을 지니고 있음에도 정작 영령계에서는 이곳에만 틀어박혀 있더군.]

[…….]

[못 돌아다니겠지? 이 자리에서 조금만 벗어나도 자신을 잃어버릴 것 같으니까.]

피에트로가 지적했다. 날카로운 지적이었다.

왕은 순순히 수긍했다.

[그렇다. 그렇지 않았으면 진즉에 신나게 돌아다니며 다양한 영령을 만났겠지. 난 그럴 수가 없었어.]

[자기 자신에 대한 정체성이 매우 취약하기 때문이다.]

[정체성이라…….]

왕은 새로운 화두에 또 심각하게 고민하는 기색이었다.

그러나 그동안 어떤 말을 하든 쉽게 알아들었던 왕은 이번 만큼은 쉽사리 이해하지 못했다.

[대관절 정체성이라는 게 뭔지 모르겠군.]

[변하지 않는 존재의 본질을 뜻한다. 자기 자신의 본질을 안다는 것을 의미하기도 하지. 그게 취약하니 영령계에서 한 발짝도 움직일 수 없는 것이다.]

[나는 나를 안다. 나는 왕이다. 모두의 위에 군림하는 위대한 지혜를 가진 존재다. 내가 내 본질을 모른다니 어불성설이다.]

[왕이란 누군가를 지배한다는 뜻이지. 그럼 아무도 너를 왕으로 받들어주지 않는다면 너라는 존재는 무의미한 것이냐?]

[으음…….]

왕은 대답을 못 했다.

[자기 정체성을 타인에게 의존하고 있으니 영령계를 돌아다

닐 수가 없을 수밖에.]

[그랬나? 나의 문제가 그런 것이었구나. 까마득한 시간을 살아왔는데 한 번도 생각해 보지 못했던 문제야.]

[넌 지혜의 의미를 왜곡하고 있더군. 자신의 권력을 유지시키는 힘, 그리고 누군가가 자신에게 복종하는 것을 지혜라고 정의 내리고 있다. 그걸 네 본질이라고 착각하고 있으니 일어난 현상이다.]

[……]

[굳이 다른 세계를 침략해서 지배하려 드는 것 또한 같은 맥락이지. 하지만 장담컨대 네 뜻이 이루어진데도 넌 결국 하나도 만족하지 못할 것이다.]

[글쎄.]

뜻밖에도 왕은 그 부분에 있어서 별다른 고민을 하지 않았다.

예언이 실현될 것을 방지하고자 침략이 무의미하다는 쪽으로 대화를 유도하고 있었던 피에트로는 내심 놀랐다.

'편견 없이 진지하게 내 말을 듣고 고민하던 놈이 저렇게 단호한 태도를 보이다니.'

피에트로의 머리가 빠르게 회전했다.

왕의 생각을 알아내고자 노력했다.

대체 목적이 무엇인가.

왜 다른 세계에 침략하려 하는가.

왕은 그저 다른 생명체보다 우위에 서려는 본능에 충실한 괴물일 뿐이었나?

'권력은 집단을 이루는 종에게 흔히 있는 욕구지.'

하지만 피에트로가 아는 괴물은 집단을 이루는 본능 같은 게 없었다.

집단 사회성 같은 걸 주입시키면 너무 위험해지기 때문이다.

'하지만 버려진 세계에서 살았던 시대에는 선조들이 서로 나뉘어 전쟁을 벌이고 있었으니 괴물을 보다 강력하게 만들어 군사 무기로 쓰고자 했을 것이다.'

전쟁 수단으로써 괴물을 더 강력하게 만들기 위하여 욕심 부리는 바람에 사회성까지 주입하는 우를 범했을까?

그 점에 대하여 피에트로는 회의적이었다.

'그럴 리가 없다. 아무리 전쟁에 눈이 돌아갔어도 금기를 범하진 않았을 터다.'

그렇다면 본래 사회성 같은 게 없는 괴물들을 왕이 억지로 지배하고 있다는 뜻이었다.

놀라운 일이지만, 권력욕과 지성을 갖춘 괴물이 탄생했으니 가능했던 일일 터.

하지만 집단을 유지한다는 것은, 집단의 구성원이 자신의 욕구를 억누르며 질서에 따른다는 뜻이었다. 그게 바로 사회성이고 말이다.

권력을 탐하는 왕.

그리고 왕의 힘에 굴복해 억눌려 있을 뿐, 여전히 욕구에 충실한 괴물들……

"자기 자리를 위협받고 있는 거야."

서문엽이 했던 말이 떠올랐다.

"생각해 봐. 버려진 세계는 이미 괴물 세상이고 왕의 세상이야. 생존을 위협할 적이 없는데 집단이 멀쩡히 유지되겠어?"

그렇다.

집단을 이루는 것은 결국 생존을 위해서였다.

적으로부터 생존하고자 서로 뭉친다.

그 현상은 그들이 만든 괴물에게도 일어난다.

던전 '매립지'에서 버려진 괴물들이 서로 집단을 이루는 놀라운 현상을 보여주지 않았던가?

버려진 세계에서도 결국 '매립지'와 같은 현상이 벌어진 것이라고 봐야 했다.

권력욕과 지성을 가진 괴물의 등장은 그것을 부추긴 촉매이고 말이다.

괴물들이 각자도생으로 아귀다툼을 벌이던 버려진 세계에 한 집단이 출현했고, 평정을 시작한다.

집단에 받아들여지거나, 혹은 죽임당하거나.

모든 괴물들이 그 양자택일을 거쳐서 버려진 세계는 왕의 세상이 되었다.

하지만 더 이상 생존을 위협할 적이 없게 되었으니 이제 집단이 유지되어야 할 이유도 사라진 셈.

왕은 당연히 계속 왕으로서 군림하기 위해 집단을 유지하려 들고, 괴물들은 욕구에 충실하기 위하여 집단에 매여 있는 것을 거부한다.

[무슨 생각을 그리 깊이 하지?]

왕이 물었다.

피에트로는 생각을 정리하다가 말했다.

[궁금한 게 있어서.]

[호오, 뭐가 궁금하지? 네가 궁금해하는 게 뭔지 나도 궁금하구나.]

왕은 왕성한 호기심을 보였다.

[네 지배하에 있는 괴물들 말이다.]

[내 세계에서는 모든 존재가 나의 지배를 받고 있지. 그런데 그게 왜?]

[그동안 네 부하가 되어 집단을 이루고서는 수많은 적과 싸운 끝에 세상을 전부 지배하게 되었을 테지?]

[물론이다.]

왕은 몹시 자랑스러워하면서도 아련한 추억에 대한 그리움을 표출했다.

[정말 치열했지. 그때 나는 아직 약하고 지성도 부족했다. 하지만 정말 치열하게 고민하고 이길 수 있는 방법을 궁리하면서 헤쳐 나갔지.]

[대단했겠군. 내 선조조차 포기하고 세계를 버려야 했을 정도로 강대한 괴물들을 정복하는 과정이었으니 말이다.]

[대단했고말고! 그때를 생각하면 목숨이 간당간당했던 수많은 위기가 생각나서 아직도 두려움이 느껴질 정도지.]

[그런가.]

[나는 위대하다. 결국 모두 이기고 왕이 되었으니까.]

[그런데 이제는 적이 없군?]

[당연하다.]

[그럼 괴물들에게 남은 유일한 적은 바로 네가 아닌가?]

피에트로가 질문을 던졌다.

[뭐?]

왕이 깜짝 놀라 반문했다.

피에트로는 자신이 제대로 찔렀음을 확신했다.

[괴물들은 멋대로 살고 싶어 하는데, 그걸 방해하는 존재는 왕 너밖에 없지 않으냐.]

[……]

[네가 왕이 된 지도 까마득한 세월이 지났을 것이다. 그동안 다른 괴물들도 진화했겠지. 네게 복종하는 쪽으로 진화한

종도 있겠지만, 태생부터가 전쟁 병기였던 너희는 그렇게 고분고분하게 복종하는 종자가 아니다. 투쟁심이 훨씬 강하지.]

왕은 말이 없었다.

[위협적인 경쟁자가 나타났지?]

피에트로가 핵심적인 질문을 던졌다.

—이곳에서 나는 혼자다. 외롭지. 다른 놈들에게 지성을 가르치고 싶었지만, 욕망에 충실한 본능을 억누르기가 쉽지 않지. 지성은커녕 덩치만 점점 비대해져 가고 있지!

일전에 왕이 했던 말에서도 힌트가 있었다.

즉.

[넌 네 자리를 위협하는 괴물을 처리하기 위하여 다른 세계와의 문을 열려고 하는 것이다. 그렇지 않나?]

[…….]

[왕의 자리를 지키기 위해 수많은 시도를 했겠지. 자식도 수천 마리씩이나 낳아봤지만, 그 자식들도 하나같이 장성하고서는 네 자리를 탐했을 테고. 혹시 지성을 물려받지는 못했어도 네 권력욕은 물려받았던가?]

[…….]

[문이 열리면 네 경쟁자를 보낼 생각이지? 우리가 네 경쟁자를 처리하도록 말이야. 혹은 우리와 싸우다가 상처 입은 경

쟁자를 네가 기습해서 죽이든지.]

왕은 침묵했다.

더 이상 아까처럼 솔직하게 자신의 감정을 표출하지도 않았다. 어떤 감정도 드러나지 않도록 꽁꽁 감추고 있었다.

피에트로는 자신의 추측에 강한 확신을 가졌다.

[어째서 너는 영혼을 그렇게 잘 다루게 되었을까? 그것도 생각해 볼 만한 가치가 있지.]

[무슨 뜻이지?]

[자식, 그리고 영혼.]

[……]

[너는 까마득한 세월을 살아온 괴물이다. 버려진 세계에 너처럼 오래 산 괴물이 또 있었던가?]

[없다.]

[그렇겠지. 영원한 것은 없으니까. 누구나 세월 속에서 쇠퇴하다가 사라져 버리니까. 바로 지금의 너처럼.]

왕이 감정을 감추지 못했다.

꽁꽁 가렸지만 격렬하게 뿜어져 나오는 당혹과 분노를 살짝 흘리고 말았다.

[왕이여. 너는 노쇠했구나.]

[……!]

[후계를 이어줄 자식을 낳아보기도 하고, 영원히 살기 위해 영혼도 연구했겠지. 그러다가 지금처럼 영혼을 다루는 수법이

늘었지만, 영원히 사는 법은 결국 알아내지 못했을 것이다. 왜냐하면 그런 방법은 없으니까.

[있을 것이다!]

왕이 포효했다.

[어딘가에 영원히 살 수 있는 지식이 있을 것이다! 난 그것을 알아낼 것이다!]

왕은 본색을 드러냈다.

격정을 주체하지 못하고 고함을 지르고 있었다.

[영원히 왕으로 군림할 것이다! 똑똑한 친구여, 그렇기 때문에 네가 필요하다. 너라면 그 방법을 알고 있을지도 모른다고 생각했기 때문이다.]

[영원한 건 없다.]

[지금의 너를 보아라. 이미 죽어서 사령이 되었음에도 다른 몸에 깃들어 다시 생명을 살고 있지 않느냐. 나는 그런 것을 원한다.]

첫 번째 상급 사제에게 시켜서 미완성 괴물을 제작케 한 것도 결국 이를 위한 예행연습인 셈이었다.

＊　　　＊　　　＊

개인 훈련장.

블랙홀처럼 생긴 결계로 둘러싸인 몇 평의 작은 공간은 전보다 훨씬 강한 중력이 적용되어 있었다.

서문엽은 가만히 앉아 있는 것조차 힘이 들었다.

하지만 바른 자세로 허리를 펴고 앉은 채, 손가락으로 원을 그렸다.

파아앗!

오러가 뿜어져 나와 동그란 원을 이루었지만, 금방 흩어질 뿐이었다.

"끄응, 쉽지 않네."

서문엽은 투덜거렸다.

아무리 해도 감조차 안 잡히니 짜증이 났다.

하지만 무기 영체화도 결국 해냈는데 이 정도도 못할 리는 없었다.

영혼 연성 덕에 자신은 한계가 없어졌다. 무엇이든 결국은 해낼 수 있다고 믿었다.

창을 집어 들어서 오러를 주입했다.

파앗!

하얀 오러가 창을 가득 둘러쌌다.

'촉매가 있으면 유지하기가 쉬운데. 아무것도 허공에다가 오러를 유지시키는 건 불가능하단 말이야.'

심지어 원형을 유지하는 것은 더욱 까다로웠다.

단순히 오러를 분출하는 일이라면 모를까, 원은 출발선으로 다시 되돌아오는 순환의 형태를 나타내는 것인데, 오러로 이걸 만든다는 건 너무 난이도가 높았다.

'가만.'

서문엽은 문득 어떤 생각이 뇌리를 스쳤다.

'몸 안에서는 오러가 순환을 할 수 있잖아? 혹시 이거랑 비슷한 감각으로 해야 하나?'

즉시 시도해 보았다.

오러로 몸을 구석구석 훑으며 한 바퀴 돌린 후에, 검지를 들었다.

파아아앗!

검지가 오러를 쏟으며 원을 그렸다.

그러나 신기루처럼 흩어져 버렸다.

"에이 쌍! 안 되잖아!"

벌떡 일어나 욕을 하는 서문엽이었다.

하지만 포기는 없었다.

서문엽의 수련은 계속되었다.

*　　　*　　　*

골머리를 앓으며 수련한 서문엽.

차라리 몸이 힘든 훈련이 낫지, 뜬구름 잡는 듯한 오러 컨트롤 훈련은 오히려 정신적으로 더 지치게 만들었다.

그래도 서문엽의 정신력은 무려 110이었다.

정신력은 효과를 보기 애매한 능력치가 결코 아니었다.

강도 높은 집중력을 장시간을 유지할 수 있게 해주며, 지금처럼 집중력을 잃기 딱 좋은 오리무중의 수련을 할 때도 큰 효과를 준다.

어찌 보면 무기 영체화를 단기간에 이룬 비결도 바로 정신력 덕분인 셈이었다.

서문엽은 그야말로 폐인처럼 사흘 밤낮으로 수련에 매달렸다. 힘들면 힘들수록 더욱 오기가 치미는 특유의 근성이 발휘되었다.

그럼에도 뚜렷한 성과는 나지 않는 것이 문제였다.

"어후, 망할!"

서문엽은 수련하다 말고 벌떡 일어나 욕지거리를 내뱉었다.

아무리 정신력이 높아도 참는 데 한계가 있었다.

달리기를 하는데 출발선에서 1㎝도 나아가지 못한 갑갑한 느낌이었다.

"피에트로 이 새끼, 이거 지저인한테나 통하는 수련법을 가르쳐 준 거 아냐?"

아무래도 오러 통제력이 인간의 한계를 넘어섰다는 말에 너무 들떴던 것 같았다.

"오늘은 텄다!"

수련은 일단 이것으로 마치기로 했다.

곧 중국과의 월드컵 지역 예선 경기가 있기에 대표 팀에 합류해야 했기 때문이다.

이제는 자기 집이나 마찬가지인 백제호의 저택으로 귀환한 서문엽은 욕실에서 샤워를 했다.

찬물로 피로를 씻어내고 거울을 봤는데, 서문엽은 깜짝 놀랐다.


　　─대상: 서문엽(인간)

　　─근력 88/89

　　─민첩성 98/99

　　─속도 80/81

　　─지구력 93/94

　　─정신력 110/111

　　─기술 101/102

　　─오러 102/103

　　─리더십 100/101

　　─전술 100/101

　　─초능력: 분석안, 던지기, 불사, 증폭, 영혼 연성


근력과 기술이 1씩 늘어나 있었다.

근력이야 한층 강화된 중력 속에서 버텼으니 늘었다고 하지만, 기술은 의외였다.

종일 되지도 않는 오러 컨트롤만 붙들고 앉아 있었는데 뜬금없이 기술이 1 상승한 것이다.

'설마 이 수련으로 기술이 늘었다고?'

애당초 기술은 이미 100이었다.

능력치 중 가장 올리기 힘든 것이 바로 기술인데, 심지어 이미 높아질 대로 높아져서 올리기 몹시 힘들었다.

그런 기술이 무기 한 번 안 잡았음에도 1 올라간 것이다.

기술은 크게 세 가지에 적용된다.

몸을 다루는 기술.

무기를 다루는 기술.

그리고 오러를 다루는 기술.

이때 오러에 적용되는 기술이란, 오러 컨트롤을 뜻하는 게 아니라 필요한 순간에 오러를 꺼내 쓰는 순발력과 판단력의 개념이다.

누구나 주먹질은 할 수 있지만, 실전에서 시기적절할 타이밍에 주먹을 내지르는 것은 기술이 필요한 법이었다. 이와 같은 맥락이라 볼 수 있었다.

분석안에 보이는 결과를 보고 서문엽은 지금 하고 있는 수련이 올바른 길이라는 것을 알 수 있었다.

'피에트로한테 가서 따지려고 했는데 관둬야겠다.'

기술 1 상승한 것으로 성과가 있다는 것을 확인했으니, 이제 계속 정진하는 일만 남았다.

'근데 기술이 오른 건 좋지만 능력치를 떠나서 너무 감이

안 잡히는데.'

서문엽은 생각난 김에 핸드폰을 꺼내서 피에트로에게 전화를 걸었다.

―뭐냐?

"뭐 해? 할 일 없으면 이리 와봐."

―그러지. 마침 나도 해줄 이야기가 있었으니까.

이윽고.

파앗!

피에트로가 서문엽의 방에 나타났다. 이 방에 한 번 온 적이 있었기 때문에 공간 이동으로 오갈 수 있는 것이었다.

"할 이야기가 있다는 건 뭔데?"

서문엽이 물었다.

피에트로가 답했다.

"왕을 만났다."

"왕? 영령계에 갔었냐?"

"자주 간다. 놈을 만나서 정보를 계속 얻어야 하니까."

"그런 일을 당하고도 간도 크네."

"영령계만 벗어나지 않는다면 문제없다."

"그래서? 얻은 정보가 뭔데?"

"네 추측이 맞더군. 왕을 위협하는 괴물이 있는 듯했다."

"역시. 지능을 갖추는 쪽으로 진화하는 괴물도 있는데, 당연히 몸집이 커지고 힘이 세지는 쪽으로 진화된 괴물들이 없을 리가 없지. 진화의 방향은 달라도 지능보다 뒤떨어진다는 보장은 없잖아? 인간이 아무리 지능이 있어도 아직 바퀴벌레나 인플루엔자도 못 이기는데."

"같은 생각이다. 왕은 지능을 갖춘 덕에 집단을 만들고 이끌어서 버려진 세계를 정복했지. 그리고 하나의 집단이 된 괴물들 위에 군림하면서 계속 지배를 유지해 온 것은 대단한 역량이라 할 수 있다. 하지만 괴물들 입장에서는 생존 경쟁에서 이기기 위해 왕의 휘하에 들어갔지만 이제 더 이상 집단을 유지할 이유가 없어진 셈이지."

큰 틀에서 보자면 인간의 역사도 이와 같은 이치로 통합되고 분열되고를 반복했다고 볼 수 있었다.

"보통 생존에 유리하도록 진화하게 마련이니까, 분명 누구 하나는 왕보다 더 강해질 만큼 진화했어도 이상할 게 없겠지."

"그렇다. 왕은 지금까지 적수가 될 만한 싹을 계속 제거해 왔겠지만, 그것 또한 진화의 한 과정일 뿐이었지 않나 싶다."

"그건 또 무슨 소리야?"

고개를 갸웃거리는 서문엽에게 피에트로가 말했다.

"적수를 미리 제거하는 것은 왕의 지능이지."

"그래."

"그렇다면 왕의 지능을 당해내지 못하는 괴물은 그렇게 걸러지고, 왕의 지능마저 속일 정도로 생존 본능이 발달한 은밀하고 간교한 괴물만이 살아남게 되었다고 볼 수 있지 않은가."

들고 보니 그럴듯해서 서문엽은 감탄했다.

동물들도 마찬가지였다. 위장도 하고 사냥감을 속이기도 하면서 나름의 지혜를 활용한다.

괴물이라고 그러지 못할 리는 없었다.

"그렇게 자신을 숨기며 성장해 온 괴물이 때를 기다렸다가 마침내 본색을 드러냈다고 봐야겠지. 왜냐하면, 왕도 결국 생명체인 이상 노쇠하니까."

"왕이 위협을 느끼고 있으니까 그 상황을 타개하기 위해서 이쪽 세계와 통하는 문을 열려고 하는 거군."

"그렇다. 그리고 왕은 노쇠한 육체를 버리고 새로운 생명을 얻고 싶어 한다. 그래서 영혼을 다루는 수법을 고도로 익힌 모양이다."

"첫 번째 상급 사제 일당이 신종 괴물을 만들던 게 그런 목적 때문인가?"

"그렇게 보인다."

"가만, 그렇게 되면 문을 열 필요도 없는 거잖아? 신종 괴물이 완성되면 왕이 그냥 영혼만 건너와서 빙의되면 그만이니까."

"하지만 그러려면 두 가지 문제가 있다. 왕처럼 강력한 괴물을 만들 기술은 현재까지 없다는 점. 그리고 괴물 제작이 특기였던 다섯째가 죽은 점."

"으음, 그렇지. 아무리 그래도 자기 본체보다 쓸모없는 몸에 깃들긴 싫을 테니까."

그렇다면 저들은 대체 무슨 수단을 쓸 것인가?

괴물 제작은 어려우니 그냥 본래 목적대로 문을 열고자 할까?

고민하던 서문엽은 고개를 저었다.

"에이, 됐다. 고민한다고 답이 나올 것 같지도 않고. 첫 번째 그놈을 찾아서 족치는 수밖에 없는 거잖아?"

"여왕과도 얘기를 나눠봤는데, 아직까지 흔적을 발견하지 못했다는군."

"그럼 못 찾는 거 아냐?"

피에트로는 고개를 끄덕였다.

"결국 더 안 좋은 소식이잖아. 문이 열리면 왕은 물론이고 왕을 위협할 정도로 강력한 괴물까지 나타난다는 뜻인데."

아주 세상이 지옥이 될 판이었다.

생각할수록 서문엽은 기가 막혔다.

"그걸 나더러 어떻게 막으라는 거야? 정말 너희들 예언에 내가 구원자 맞아?"

"너 말고는 달리 구원자의 역할을 맡을 자가 없다. 여왕의 운명안은 틀림없으니까."

"난이도 한번 굉장하네."

최후의 던전 공략도 엄청나게 힘들었는데, 그 정도는 애교인 재앙이 닥친다니.

서문엽은 그저 짜릿한 싸움이 생겼다고 좋아할 수만은 없었다.

차라리 홀로 던전 속에 뛰어드는 일이라면 모를까.

백제호와 한승희, 백하연, 그리고 YSM의 식구들까지.

서문엽은 더 이상 혼자가 아니었다.

주변 사람들까지도 모두 위험해지게 되는 것이다.

그들의 안위를 걸고 싸워야 하는 입장이 된 셈이었다.

"지금으로서는 우리도 더 강해지도록 노력하는 수밖에 없다."

피에트로가 결론을 내렸다.

그 말에 서문엽도 그제야 자신의 용건이 생각났다.

"야! 그러고 보니 네가 가르쳐 준 수련법 말이야. 그거 아무리 해도 안 되던데?"

"쉽게 될 거라고 생각하지 않았다. 인간은 체외로 발산된 오러를 컨트롤하지 못하니까."

"요령이라도 알려줘 봐. 내가 정말 온갖 생각을 다 해봤는데도 소용없더라."

서문엽은 수련하면서 자신이 추측했던 원리를 설명했다.

체내에서 오러가 순환되는 원리를 그대로 구현하여서 원을 그린다는 개념.

이를 들은 피에트로는 간단히 한마디 했다.

"너무 앞서갔다."

"응?"

"난 오러가 끊임없이 순환되는 원리를 구현하는 그런 고차원적인 걸 시킨 적은 없다."

그 말에 서문엽은 멍해졌다.

그럼 지금까지 삽질을 했단 말인가?

피에트로가 검지를 세웠다.

파앗!

검지로 오러를 내뿜으며 원을 그렸다.

그리고 그 원이 빙글빙글 회전하기 시작했다.

정확히는 원을 따라 오러가 흐르기 시작한 셈이었다.

계속 흐르는 오러가 조금씩 원의 형태를 벗어나기 시작했다.

원 안으로 흘러들어 간 오러가 복잡한 형태의 선을 그리기 시작했다.

그리고 완성된 것은 바로 피에트로가 자주 만드는 마법진.

"봤나? 순환하는 원은 마법진의 기초적인 형태다. 내가 너에게 상급 사제들 중에서도 첫 번째밖에 익히지 못한 술법을 시켰다고 생각하나?"

"……."

"그냥 동그라미를 그려라. 오러를 동그란 형태로 만들어서 유지하라는 것이다. 잘 안 된다고 엉뚱하게 확대 해석하지 말고 그냥 시킨 대로만 하라는 것이다."

피에트로의 일침에 서문엽은 속이 부글부글 끓었다.

"아니, 안 되는 걸 어떡해! 아예 감도 안 잡힌다고!"

"인간에게는 없었던 새로운 감각을 만드는 셈이니 쉬울 리가 없잖나."

"만인릉 황제도 최소한 힌트는 줬었어! 물건을 손에서 떼어놓듯이 몸을 내려놓으라고. 그런 식으로 뭐라고 힌트라도 줘 보란 말이야."

"쓸데없는 힌트가 오히려 수련을 방해할까 봐 말하지 않았는데 하는 수 없군. 하긴, 예언의 날까지 시간이 얼마나 남았는지 알 수 없는데 언제 터득할지 기약이 없는 수련을 붙들고 있을 수도 없군."

피에트로는 결국 서문엽에게 힌트를 주었다.

"솔직히 우리에게는 너무 당연한 일이라 인간의 관점에서는 어떻게 말해줘야 할지 알 수 없다. 걷는 법을 말로 설명한다고 되는 일이 아니듯이."

"끄응, 그것도 맞긴 한데."

"그래서 나도 이게 실마리가 될 것이다 하고 추측할 수밖에 없다. 불확실한 힌트일 수도 있다는 뜻이지."

"그래도 말해봐. 뭐가 됐건 지금 하고 있는 수련이 도움이 되고 있긴 하니까."

만들어낸 마법진을 계속 회전시키며 생각에 잠겼던 피에트로는 이윽고 입을 열었다.

"촉매."

"촉매?"

"보통 무기에 오러를 주입하는 것은 인간도 곧잘 하지."

"그야 당연하지."

"무기에 주입한 오러를 계속 유지하는 것 또한 할 수 있지?"

"오러 컨트롤 능력에 따라 차이가 있지만 대체로 할 수는 있지."

"무기 같은 촉매가 있다고 생각하고서 허공에 오러로 원을 그려보는 것은 어떠냐?"

"촉매라……."

확실히 그렇게 설명하니 아예 감이 안 잡혔을 때보다는 한결 나았다.

문제는 이게 잘못된 요령이라면 오히려 역효과라는 것.

"한번 해보는 수밖에 없겠군."

서문엽은 일단 부딪쳐 보기로 했다.

시도할 가치가 있었다.

이것을 해낸다면 지금보다 한층 더 높은 차원에 오를 수 있을 것이라는 예감이 들었으니까.

그렇게 나아가다 보면 만인릉의 황제가 도달했었던 궁극의 경지에 이를 수 있을지도 모르는 일이었다.

제7장

중국전

　월드컵 지역 예선, 중국과의 일전을 앞두고 대표 팀이 다시 소집됐다.

　서문엽과 피에트로도 당연히 소집되었다.

　한국보다 더 약체인 이란, 베트남을 상대할 때는 소집되지 않고 다른 선수가 출전 기회를 더 받았지만, 이번 상대는 중국이었다.

　중국은 아시아 최강으로 오랫동안 군림하며 세계 랭킹도 10위대를 유지하고 있는 강팀이었다.

　그런 강팀을 상대로 서문엽과 피에트로를 적극적으로 활용한 전술 패턴을 실험해 볼 기회였다.

일본전의 경우, 생각보다 더 전력 차이가 많이 나서 전술을 확인해 볼 틈도 없이 그냥 서문엽과 피에트로의 일방적인 학살로 끝났다.

하지만 중국은 달랐다.

중국 대표 팀에는 우습게 볼 선수가 하나도 없었고, 무엇보다 슈란도 한국전을 위해 소집되었다고 했다. 일본전과는 양상이 다를 수밖에 없었다.

"중국은 알다시피 전통 무술을 기반으로 한 독특한 스타일로 유명하다."

선수들이 집결된 회의실에서 감독 백제호가 브리핑을 진행했다.

프레젠테이션 화면이 진행되면서 영상이 하나 재생되었다.

중국 선수들이 활약하는 플레이 영상이었다.

검과 도, 창 등을 자유자재로 휘두르며 화려하게 싸우는 모습이 인상적이었다.

그걸 보고 중국 액션 영화를 떠올리는 사람은 아무도 없었다.

영화는 영화일 뿐.

훨씬 더 실전적이고 위협적이었다.

"보다시피 쉽게 볼 수 없는 독특한 스타일을 띠고 있지. 지금 같은 월드컵 지역 예선이나 아시아 챔피언스리그가 아니면 이런 스타일의 선수들을 상대할 일도 없고."

중국 스타일은 굉장히 낯설었다. 중국을 배틀필드계의 갈라파고스라 표현할 정도로 말이다.

한국을 비롯한 아시아 국가들은 서양식 무기술을 기반에 두고 있었다.

자신들 고유의 전통 무술이야 어느 나라나 있었지만, 지금은 서양식 무기술로 통일되어 있었다.

이유는 크게 두 가지로 나뉜다.

첫째, 지저 전쟁 당시 던전 공략용 무기 제조사들이 다 서양에 있었다.

던전 괴물 연구에 크게 투자하고 무기에 적합한 합금을 제조하는 서양의 기술력을 따를 수 없었기 때문에 당연히 서양스타일의 병장기를 사용할 수밖에 없었다.

당장 살기 위해 싸워야 하는데 전통 무기를 찾을 정도로 한가한 초인도 없었고 말이다.

전통 무예나 서양 무기술이나 생소한 것은 매한가지였다.

그때 초인들은 그저 손에 잡히는 대로 구하기 쉬운 무기를 집어 들고 냅다 싸웠을 뿐이었다. 서양식 무기를 들고 싸웠으니 따로 배우지 않았음에도 자연히 서양식 무기술이 터득될수밖에 없었다.

서문엽도 창은 독자적인 커스텀이지만 둥그런 방패는 서양식 무기였다.

실전 속에서 서문엽이 스스로 개발한 창술과 투창술을 사용했지만, 아무것도 모르는 애송이 시절에는 던전 공략이 발달한 서양 측의 훈련법을 찾아보고 따라했었다.

그에 반해 중국은 온갖 다양한 전통 무술이 있었고, 액션 스타를 꿈꾸며 무술을 익히는 이들이 넘쳐났다. 덕분에 지저 전쟁 시절 서양을 좇지 않고 자신들만의 방식을 처음부터 고수할 수 있었다.

"아시아 챔피언스리그에서 중국 클럽과 경기를 치러본 선수들도 있지만, 아예 생소한 신인들도 있지?"

그렇게 물어보면서 백제호는 왠지 서문엽을 쳐다보았다. 너도 중국 스타일을 잘 모르지 않느냐는 눈치였다.

실제로 배틀필드 방면에서는 신인이나 다름없는 서문엽이었다.

'되게 신기하네.'

영상을 보며 그저 신기해하는 서문엽.

지저 전쟁 시절 던전을 공략하고 다녔지만, 괴물이나 지저인과 싸웠지 같은 초인들과 싸운 건 아니지 않은가. 당연히 중국 선수들의 스타일이 생소하고 신기했다.

그리고 두 번째 이유.

배틀필드 프로리그가 출범하고 과학적으로 실전 무기술을 연구하고 성과를 거둔 쪽도 서양이었다.

자연히 배틀필드를 받아들이면서 서양을 모범으로 삼아 배울 수밖에 없었다.

어느 나라나 던전에서 많은 실전을 겪은 초인들은 있었지만, 그들의 실전 지식은 경험에서 자연히 터득한 것들이라 체계적인 이론과 교육 커리큘럼이 존재하지 않았다.

더욱이 주로 괴물을 상대하는 노하우였지 대인전의 기술이 아니었다.

"주류를 이루는 서양식은 효율성을 중시한다. 에너지와 시간의 낭비를 최소화하기 위하여 동선이 짧고 간결해졌다. 그에 비해 중국 선수들의 스타일은 훨씬 움직임이 많고 활발하다. 어찌 보면 쇼맨십을 부리느라 요란 떠는 것으로 보일 수도 있겠지. 실제로도 대중에 돋보이기 위하여 쇼맨십을 부리는 성향이 강하기도 하고."

영상이 계속 이어졌다.

중국 대표 팀이 유럽의 수많은 팀들과 경기를 치른 영상이었다.

주로 중국 측이 이긴 전투 영상을 보여줬는데, 화려하게 움직이는 중국 선수들에게 서양 선수들이 갈피를 못 잡고 당황하고 있었다.

"분명 간결하지 못하고 이리저리 움직여서 시간을 낭비한다는 느낌도 있지만, 이것이 비실전적이라고 생각한다면 큰 착각이다."

"페인트 동작이 많네."

서문엽이 영상을 보다가 한마디 했다.

백제호는 고개를 끄덕였다.

"그래. 소위 '변초'라고 하지. 그들의 화려한 동작은 상대를 속이고 타이밍을 흐트러뜨리는 변초가 공격 속에 포함되어 있기 때문이다. 우리 식대로 말하자면, 페인트를 섞은 콤비네이션이 물 흐르듯이 펼치는 스타일이라 할 수 있지."

선수들은 고개를 끄덕였다.

영상을 보니 중국 선수들을 무시할 수 없었다.

그렇지 않아도 생소한데 진짜 공격과 페인트를 구분하려면 크게 고생할 터였다.

"중국은 피지컬이나 전술이 뒤처지지만 선수들 개개인이 일대일에 강하지. 그래서 주로 소규모의 교전을 주로 펼치며 견제 플레이 위주로 경기를 풀어나갈 것이다. 특히 기습에 강하기 때문에 너희는 일대일로 마크하기보다는 협력 플레이로 대응해야 한다."

"예!"

"전술에도 변동이 있다. 먼저, 서문엽."

"어, 왜?"

"넌 준비했던 대로 피에트로, 백하연, 이나연과 함께 견제를 할 거야."

"변동 사항은 뭐야?"

"중국은 기동력이 굉장히 빨라. 강력한 피지컬을 가진 탱커는 부족하지만, 대신 발 빠른 선수가 많아서 견제를 하러 가

면 중국 측이 바로 대응할 거야. 벌 떼처럼 덮칠 텐데 포위당
하기 전에 재빨리 발을 빼야 해."

"피에트로가 문제인데."

—대상: 피에트로 아넬라(인간)

—근력 53/53

—민첩성 61/61

—속도 58/58

—지구력 42/42

—정신력 100/100

—기술 42/42

—오러 100/100

—리더십 100/100

—전술 97/97

—초능력: 공간 이동, 명상, 초혼, 영령의 일격


피에트로는 신성한 언어에 세뇌당했던 몸의 원주인이 잘 단
련한 덕에 모든 능력치가 한계까지 차 있었다.

하지만 아무래도 배틀필드 선수를 할 재능이 있었던 몸이
아닌 탓에 능력치가 매우 낮았다.

민첩성이 61이라 적의 반격에 대한 대응이 느리고, 속도가
58이니 도망쳐 봤자 잘 달리지도 못한다. 42밖에 안 되는 기

술이야 더 말할 필요도 없이 몸치라는 뜻이었다.

물론 전직 대사제였던 피에트로의 영혼이 가진 엄청난 오러 컨트롤 기술을 마구 펼치면 교전이 벌어져도 영령의 일격 같은 필살기 없이도 대응이 가능하다.

그런데 그랬다가는 '나 인간 아니라 지저인이다' 하고 광고하는 꼴이었다.

"피에트로의 공간 이동은 3분마다 한 번씩 펼칠 수 있는 것으로 제한됐지?"

"그렇지."

"그래서 생각했는데, 공간 이동의 쿨 타임이 다 차기 전에는 중국 측과 교전을 펼치지 않는 거야."

그 제안에 서문엽은 고개를 끄덕였다.

"견제를 펼친 뒤에 중국의 반격을 받으면, 피에트로는 공간 이동으로 일찌감치 빠지고 나머지는 뛰어서 도망치자 이거지."

"이나연과 하연이야 발이 워낙 빨리 잡힐 일도 없고, 너도 근접전에 강하니까 어디 가서 죽을 일은 없겠지."

서문엽도 76이었던 속도가 80으로 상승해서 지금은 발이 빠르다. 속도 80이면 딜러로 쳐도 준수한 속도고, 탱커로서는 꽤 빠른 거다.

백제호의 설명이 이어졌다.

"중국도 견제 플레이를 활발하게 펼치기 때문에 아마 초반부터 막판까지 빠른 템포로 치고받게 될 거야. 그렇기 때문에 우리 측의 펀치인 너희 4인의 활약이 중요하다."

서문엽은 금세 전술의 의미를 이해했다.

"우리가 견제를 활발히 할수록 중국 측은 방어를 하느라 견제를 못하게 되는군."

"그렇지. 너희는 중국의 활발한 견제를 억누르는 역할이야. 이름 그대로 견제지."

중국은 일대일 같은 소규모 교전에 강하지만 대규모의 한 타 싸움은 약한 편이었다.

또한 대인전에 능하지만 괴물 사냥은 약한 편이다. 그들의 전통 무술은 당연히 대인전 위주로 발달했기 때문이다.

반대로 한국 대표 팀은 장기전 운영과 한 타 싸움이 강점이었다.

따라서 중국의 견제 플레이를 억제하면서 장기전 운영을 하다가 한 타 싸움을 열어서 이기겠다는 전략이었다.

"킬을 따기 위한 견제가 아니라 중국 측을 수비적으로 만들게 하라는 거지. 오케이, 그렇게 하지 뭐."

서문엽은 쾌히 승낙했다. 어떻게 해야 할지 견적이 나왔다.

"무엇보다 주의해야 할 선수는 슈란이야."

슈란의 경기 영상이 나타났다.

베를린 블리츠에 깜짝 영입되어서 독일 제1리그에서 데뷔하고, 지금은 월드 챔피언스리그에서도 활약한 그 영상이었다.

마침내 베일에 싸여 있던 슈란의 플레이가 마침내 공개된 셈이었다.

영상에 보이는 플레이에 대한 반응은 엇갈렸다.

생각보다 압도적인 모습은 아니다.

너무 강력해서 제제를 받은 최초의 초인이었는데, 그런 것 치고는 생각만큼 강하지 않았다.

하지만 무자비한 초능력 소멸 광선은 제한을 받았음에도 강력했다.

적의 기습을 알아채고 귀신같이 소멸 광선을 쏴서 죽여 버리는 모습에서 소름이 끼쳤다.

경기 내내 잠잠했지만 그 한 장면으로 인하여 원거리 딜러로서의 슈란의 역량이 나타난 셈이다.

"상대 팀이 기습을 시도했는데 바로 알아채고 처치해 버렸지. 슈란에게 견제는 전혀 통하지 않는다는 뜻이다. 왜냐하면 슈란은 소멸 광선 말고도 '위치 파악'이라는 초능력이 있으니까."

—위치 파악: 반경 3㎞ 이내의 지정한 타깃의 위치를 파악할 수 있다.

슈란이 무장한 또 다른 초능력이었다.

사전에 지정해 놓은 타깃이 3㎞ 이내에 있으면 알아차릴 수 있다.

다행히 지정할 수 있는 타깃은 하나뿐이었다.

문제는.

"누구를 타깃으로 지정할지는 모르지만, 보나마나 서문엽이너나 피에트로 둘 중 하나일 테지."

"으음……."

서문엽이 신음했다.

자신을 타깃으로 삼는다면 곤란했다.

3km라면 상당히 광범위한 반경이었다.

견제 플레이의 주축이 서문엽인데, 자신이 3km 이내에 들어오기만 하면 바로 알아차리고 아군에게 경고해 줄 것이다.

"못 본 사이에 왜 이렇게 쓸모 있게 성장한 거야? 정작 인류의 운명을 건 싸움 때는 골치 썩이더니만!"

서문엽은 기가 막혀서 불만을 토로했다.

짐 덩어리 같은 슈란 때문에 최후의 던전에서 고생했던 기억이 새록새록 떠올랐다.

"너나 피에트로. 둘 중 누구를 위치 파악 타깃으로 삼았는지를 알아내는 게 중요해."

"위치 파악을 역이용해야겠군."

"그래."

곰곰이 생각해 본 서문엽이 문득 제안했다.

"그럼 우리도 위치 파악이 가능한 사람을 출전시켜 보자."

"그게 누구… 설마?"

백제호의 눈이 휘둥그레졌다.

택배 기사 출신의 서포터 조승호도 화들짝 놀랐다.

*　　　　*　　　　*

결국 서문엽의 존재감을 이용해 중국의 공격적인 운영을 억제하는 것이 이번 전술의 요체였다.

"슈란이 누구를 위치 추적의 타깃으로 삼을까? 아무래도 같이 최후의 던전도 갔던 사이니 널 더 의식하지 않을까?"

백제호의 의견에 서문엽은 고개를 저었다.

"그건 그렇지만 누구를 타깃으로 지정할지가 슈란의 기분 따라 정해질 일이냐? 중국 대표 팀도 감독이 다 생각을 할 텐데."

"그렇다면 그쪽 입장에서는 전술적으로 피에트로가 더 위협적일 수 있겠는데?"

그 말에 서문엽은 고개를 끄덕였다.

"그렇지. 난 발로 뛰니 접근하는 걸 알아차릴 수 있지만, 피에트로는 공간 이동으로 갑자기 나타날 수 있으니까. 위치 추적을 피에트로에게 쓰는 게 더 효율적이긴 해."

"근데 그걸 우리가 알고 피에트로는 가만히 놔두고 너만 활용할 수도 있으니까, 그냥 우리 팀의 핵심인 너를 타깃으로 지정할 수도 있을 테고……."

서문엽은 손을 휘휘 내저었다.

"됐어. 어쨌든 중국 측이 견제를 못 나서게 내가 계속 얼씬거리면서 압박하면 되는 거잖아. 누구를 위치 파악 타깃으로 했는지는 내가 살살 건드려 보면서 파악해 볼게."

"그래, 그게 좋겠다."

그렇게 핵심적인 전술은 결론이 내려졌다.

그밖에도 경기에 쓰이는 던전을 분석하고, 지역별로 사냥 및 전투에 대한 세부적인 플랜이 선수들에게 설명되었다.

선수들은 각자 맡은 바 역할을 숙지했고, 던전에 접속해서 팀워크 훈련을 했다.

그동안 서문엽은 함께 견제 플레이를 다닐 이나연과 백하연, 그리고 조승호와 따로 훈련을 했다.

"우리 위치가 적에게 파악됐다면, 적이 단체로 움직여서 퇴로를 차단하고 몰이사냥을 하려 할 거야. 저쪽 입장에서는 우리만 없어지면 이긴 거나 다름없으니까."

이 말에 백하연은 고개를 끄덕인다. 나름 세계 최고의 명문 파리 뤼미에르 BC 소속의 선수로서, 한국 대표 팀에서는 주력에 속하는 그녀였다.

그런데 뜬금없이 이나연이 손을 번쩍 들었다.

"저도요?"

"음, 넷티야. 말을 정정하마. 중국 애들은 나만 잡으면 이긴 다고 생각할 거야. 너희는 안중에도 없어요."

"네!"

이나연은 다소 안심한 표정이 되었다. 중국 측이 자신을 각별히 경계한다고 생각하니 부담됐던 모양이었다.

서문엽은 세 사람에게 말했다.

"우리는 내가 주력이고 너희 셋은 전부 정찰용이다. 내가 사냥하는 동안 너희 셋은 계속 주변을 살피면서 적의 움직임을 파악하면 돼."

서문엽이 사냥 포인트를 다 쓸어 담으며 성장하겠다는 뜻이기도 했다. 가장 강한 서문엽이 우선 성장하는 게 타당했으니까.

"중국이 우리를 몰이사냥 하려면 최소한 세 조로 나뉘어서 따로 움직여야 하는데, 그럼 한 조에 4명 정도겠지. 4명 정도는 금방 때려잡을 수 있어."

"슈란이 그 4명 안에 있으면?"

백하연이 물었다.

서문엽은 떨떠름한 표정이 되었다.

"그럼 튀어야지. 그걸 파악하기 위해서 얘가 있는 거다."

서문엽은 조승호를 가리켰다.

"저요?"

"그래. 네 역할이 뭘 것 같아?"

"오러 서틀이랑 나연이 화살 서틀이랑, 슈란이 어디 있는지 찾기요?"

"잘 아네. 그중 마지막이 가장 중요하다. 네 물체 전달을 활용해서 계속 슈란이 어디 있는지만 파악해. 딴 놈 필요 없어. 슈란만 찾아."

"네."

"우리 목적은 계속 중국 진영에서 사냥하고 견제해서 운영을 방해하는 거다. 그리고 우리를 잡겠다고 단체로 움직이면 재빨리 달아나야 한다. 특히 슈란은 잘못 걸리면 한 방에 훅 가니까 제일 경계해야 하고. 뭐, 여차하면 우리도 필살기로 피에트로를 소환하면 돼."

공간 이동으로 한 번에 올 수 있는 피에트로는 여차하면 곧바로 나타나 중국 선수들에게 폭풍을 선사해 줄 수 있었다.

네 사람은 함께 던전을 누비며 호흡을 맞추기 시작했다.

서문엽이 사냥하는 동안 세 사람은 정찰을 했다.

조승호는 안전하면서도 시야 확보에 용이한 곳을 찾아다니며 자리 잡았다.

생각 외로 머뭇거리지 않고 자기가 있어야 할 곳을 잘 찾아다니는 조승호였다. 서문엽은 그런 그를 보며 만족감을 느꼈다.

'역시 늘 하던 일이 저거라 그런지 잘하네.'

경기에 출전하면 늘 안전한 곳을 찾아 틀어박혔던 조승호. 자기 숨을 자리 찾아다니는 것도 계속하다 보니 점점 잘 숨게 되었다.

그렇다고 조승호가 성장하지 않은 것은 아니었다.


—대상: 조승호(인간)

—근력 39/39

—민첩성 49/49

—속도 78/78

—지구력 45/45

—정신력 77/77

—기술 50/51

—오러 70/70

—리더십 63/82

—전술 88/90

—초능력: 물체 전달, 시야 전달, 오러 전달


피지컬 부분은 부족하나마 한계까지 다 성장했다.

그래 봤자 쓸모없는 피지컬이지만, 35였던 기술이 50까지 성장한 건 고무적인 성과였다.

배틀필드에 전혀 문외한인 초인의 평균 기술치가 35 정도인데, 그걸 넘어 드디어 유소년 리그의 평균 수준인 50을 달성

했다.

그래 봤자 무기 들고 싸우지 못하는 것은 마찬가지.

하지만 문외한 수준인 것과 유소년이라도 선수라 말할 수 있는 수준이 된 것은 의외로 차이가 컸다.

조승호는 접이식 활을 소지하고 다녔는데, 만에 하나의 상황에서 홀로 고립되었을 때 활로 괴물을 사냥하거나 적을 견제하는 행위를 할 수 있게 된 것이다.

물론 가장 큰 성과는 88에 달하는 전술이었다.

'전술적 이해력이 아주 높아졌어. 좀 더 중요한 역할을 맡겨도 될 것 같은데 말이지.'

전투력이 없는 게 큰 흠이었지만, 분명 조승호는 계속 저렇게 구석탱이에 짱 박힌 채 끝날 선수가 아니었다.

\*       \*       \*

한국 선수단은 북경에 도착했다.

북경 배틀필드 경기장은 무려 10만에 달하는 관중을 수용할 수 있었다. 10만 관중이 중국을 응원하는 모습은 장관이 따로 없었다.

무장을 하고서 입장하기 위해 복도에 집결했을 때, 서문엽은 슈란을 만날 수 있었다.

"오랜만이다?"

슈란은 서문엽을 째려봤다.

"그러네. 전에 베를린에 와놓고는 얼굴 한 번 안 보고 그냥 가버렸으니까."

"네가 훈련하느라 바빴잖아?"

"그래도 기분 나빠. 내 경기를 보러 독일까지 왔으면서 인사 한 번 안 해?"

"실은 너 말고 다니엘 만츠 보러 갔던 거야. 캬, 걔 진짜 잘하더라. 너야 뭐 소멸 광선이나 뿅뿅 쏠 텐데 볼 게 있냐?"

서문엽이 슬슬 경기를 앞두고 도발을 감행했다.

슈란의 눈빛이 날카로워졌다.

"말은 그렇게 해도 내 소멸 광선 맞고 한 방에 골로 갈까 봐 겁먹었지?"

서문엽은 움찔했지만 티내지는 않았다.

"어허, 내가 왜 겁을 먹어."

"위치 파악으로 네가 어디에 있는지 소상히 알고 있으니까. 소멸 광선 사정거리에만 들어오면 바로 끝나 버릴걸. 그땐 체면 구겨서 어떡해?"

"왜 이래? 예전에 내가 네 소멸 광선 막은 적 있거든? 쥐방울만 한 게 나이 먹더니 치매 왔구나."

"기억하지. 비스듬히 튕겨내는 거였는데도 두 팔을 부들부들 떨었었지?"

서문엽은 이마에 힘줄이 솟았다.

두 사람은 계속 유치한 말다툼을 벌이며 신경전을 펼쳤다.

그러다가 문득 슈란이 한국 측 가장 끝에 있는 피에트로를 바라보며 말했다.

"근데 저 이탈리아인은 정체가 뭐야?"

"뭐가?"

"몰라서 물어?"

최후의 던전에서 그들이 겪은 가장 큰 고비는 단연 대사제와의 결전이었다.

그때 슈란이 아껴두었던 오러를 마구 퍼부으며 소멸 광선을 난사하지 않았더라면 결코 이기지 못했을 터였다.

수십 개의 마법진에서 오러에 깃든 영령들이 쏟아져 나왔던 광경은 슈란도 잊으려야 잊을 수 없었으리라.

서문엽은 시치미를 떼기로 했다.

"아하, 쟤 소환술이 대사제랑 비슷하지? 나도 엄청 놀랐어. 오죽했으면 선수 시키려고 한국에 데려왔겠어?"

"비슷한 게 아니라 완전히 똑같던데?"

"아냐, 비슷하지만 달라."

서문엽은 그냥 막 우겼다. 따로 사정을 설명할 수는 없는 노릇이었다.

슈란은 특유의 날카로운 눈매로 쏘아보더니 말했다.

"믿어주지."

"허 참, 네가 안 믿으면 어쩔 건데?"

"……."

깐죽거리는 서문엽의 반문에도 슈란은 별반 말을 하지 않았다.

서문엽도 이제 그만 입을 다물었다.

'뭔가 이상한 낌새를 느꼈나 보군.'

피에트로 아넬라가 본래 세계 협회 직원이었다는 사실은 알아내려면 쉽게 알 수 있는 정보라 슈란도 알고 있을 터였다.

그리고 세계 협회는 베일에 싸인 기관으로, 특히나 세계 협회장은 한 번도 공개석상에 나선 적이 없어서 갖가지 루머를 낳는 인물이었다.

사실은 지저 문명의 여왕이라서 모습을 드러내지 못하는 것이지만 말이다.

그런 세계 협회 직원 출신이 대사제와 똑같은 초능력을 펼치니 이상한 걸 못 느끼는 게 비정상이었다.

서로 침묵을 지키고 있어 분위기가 어색해진 찰나, 슈란이 말했다.

"도움이 필요하면 말해."

"……."

"어렸을 때보다는 더 도움이 될 테니까."

서문엽은 미소를 지었다.

"그러지."

선수 입장이 시작되었다.

경기장 한복판에 선수들이 나오자 10만 관중의 함성이 쏟아졌다.

"중국! 중국!"

"슈란! 슈란! 슈란!"

슈란의 이름이 가장 많이 불리고 있었다.

그만큼 슈란에게 많은 기대를 걸고 있다는 뜻이었다.

배틀필드를 시작한 지 얼마 안 된 여자에게 말이다.

그럼에도 슈란은 태연했다.

무거운 기대를 짊어지고 있음에도, 어릴 때처럼 히스테리를 부리거나 동요하지 않았다.

'그래 봤자 정신력 40이라 아예 태연할 수는 없을 텐데.'

참는 것이다.

부담스럽고 긴장돼도 참고 내색하지 않는 법을 터득한 것이다.

그만큼 어른이 된 슈란의 모습이었다.

'정말 많이 컸구나.'

19년 전에는 아무리 굴려도 나아지지 않아서 그렇게 구박을 했더랬다.

서문엽에게는 불과 2년 전의 이야기다.

17살짜리 어린 여자애가 저렇게 성숙해져 있는 것을 보니 감개무량했다.

'이러니까 정말 늙는 기분이다.'

선수 소개가 끝나고서 양측은 접속 모듈에 들어갔다.

\*　　　\*　　　\*

─경기 시작했습니다!

─중국의 영웅들이 던전에서 사냥을 개시했습니다!

─상대는 위대한 영웅 서문엽이 버티고 있는 한국입니다. 지금까지 아시아의 맹주는 우리 중국이었지만, 이제는 서문엽이 버티는 한국을 우리 아래라고 단언할 수 없습니다.

─그렇습니다! 그러니 오늘 경기에서 증명해야지요! 제아무리 서문엽이 있어도, 피에트로 아넬라가 있어도, 강한 것은 우리라는 것을요!

─슈란의 활약이 무엇보다도 중요합니다. 서문엽이나 피에트로가 활약하지 못하게 잡아내려면 슈란이 나서야 합니다.

─예! 특히 피에트로 아넬라 선수는 소멸 광선에 견줄 정도의 위력적인 초능력을 갖고 있는 위험 인물입니다. 피차 일격필살의 한 방을 가진 두 선수가 맞닥뜨리게 된다면 승부도

한 방에 결정되는 겁니다.

　—예, 서문엽 선수의 활약에 눈길이 가겠습니다만, 그 두 선수의 무서운 초능력이 충돌하는 장면이 오늘 경기의 승부처가 될 겁니다!


　10만 관중이 긴장한 채 경기를 지켜보았다.

　뿐만 아니라 전 세계가 주목하는 경기였다.

　서문엽, 피에트로, 슈란.

　가공할 세 선수가 처음으로 맞붙은 순간이었으니 말이다.

　경기가 시작되고 사냥이 차근차근 진행되고 있을 때였다.

　"가자!"

　서문엽이 움직이기 시작했다.

　백하연, 이나연, 조승호가 뒤따랐다.

　"적을 잘 살펴. 우리의 움직임을 알고 있다면 내가 위치 파악의 타깃인 거야."

　서문엽의 당부에 세 사람이 고개를 끄덕였다.

　본격적인 승부가 시작되었다.


　　　　　*　　　　　*　　　　　*


　서문엽 일행은 중국 측 진영에 접근했다.

　일단은 섣불리 공격을 시도하지는 않았다.

"일단 슈란의 위치를 파악하고, 놈들이 우리가 여기 있는 걸 아는지 파악해야 해."

서문엽이 당부했다.

슈란의 초능력 위치 파악의 타깃이 누구인지 알아내야 했다.

만약 서문엽을 타깃으로 지정해 놓았다면, 중국은 지금 서문엽 일행의 움직임을 소상히 알고 있는 셈이다.

그렇다면 그에 걸맞은 대응이 나타날 터.

위치 파악 타깃이 누구냐를 알아내기 위해 심리전을 쓰는 셈이었다.

서문엽 일행은 중국 측과 인접한 지역에서 사냥을 시작했다.

이곳에서 사냥하는 것만으로도 중국의 사냥감을 빼앗는 효과다. 중국 측이 서문엽의 위치를 알고 있는 것이라면 분명 반응이 나올 터였다.

'혹시 모르지. 일부러 위치 파악의 타깃이 누구인지 안 알려주려고 모른 체할지도.'

서문엽은 사냥에 박차를 가했다.

콰지지직!!

끼에에엑!

거대한 사마귀처럼 생긴 괴물 망트가 계속 날아들었지만, 서문엽의 창에 꽂혀 하나씩 죽었다.

또 한 마리의 망트가 위에서 아래로 날아들며 덮쳤다.

그 순간 서문엽도 뛰어올랐다.

콰드득!!

같은 높이로 솟구쳐 올라와 방패로 대가리를 찍었다.

대가리가 일그러진 망트는 땅에 철퍼덕 고꾸라졌다.

착지하면서 창으로 목을 잘라 마무리.

뒤이어 덤비는 망트들도 추풍낙엽이었다.

칼날이 달린 앞발을 피해 고개를 숙이고, 창으로 다리 하나를 잘라냈다.

휘청거리며 약점인 머리가 아래로 내려온 순간.

콰직!

어김없이 방패로 때려죽였다.

백하연, 이나연, 조승호가 모두 뿔뿔이 흩어져 정찰을 하는 동안, 서문엽은 망트들에게 둘러싸인 채 치열하게 싸우고 있었다.

이는 경기를 지켜보는 중계진이나 관중들이 볼 때는 퍽 위태로워 보였다.


―다른 세 사람은 주위를 정찰하고 있고, 서문엽 선수 혼자 망트들과 싸웁니다.

―좀 위험하지 않나요? 망트들은 오러의 칼날까지 쏘는 상당히 위험한 괴물인데요.

―사냥 포인트를 서문엽 선수에게 몰아준다고 하더라도 사냥 자체는 함께 보조해 주어야 하지 않을까 싶은데, 아무튼 지금까지는 서문엽 선수가 아주 잘 싸우고 있습니다.

서문엽에게 위협을 느낀 망트들은 쉬이 다가가지 못하고, 멀리서 오러의 칼날을 쏘며 원거리 공격을 펼쳤다.

파파파팟!

서문엽은 땅을 굴러서 피한 뒤, 또 날아드는 오러의 칼날을 방패로 받아냈다.

망트 5마리가 일제히 다가와 서문엽을 에워쌌다.

그 어떤 선수라도 위험한 상황이었다.

―서문엽 선수, 위기⋯⋯!

하지만.

콰직! 콰악! 까앙!

서문엽은 창과 방패를 전광석화처럼 휘둘렀다.

100㎝ 던지기로 앞에 있는 망트를 즉사시키고, 회수한 창을 어깨에 걸친 채 옆으로 찔러 또 한 마리를 처치한다. 그러는 동안 방패로 막고 상체를 비틀며 피한다.

들고 있던 창과 방패를 순간적으로 바꿔 쥐더니, 왼손에 쥔 창으로 또 한 마리를 죽이고, 방패로 막아낸다.

물러나려고 펼친 날개를 창으로 찢어발기고 방패로 찍어 마무리. 마지막 한 마리는 가볍게 오러의 칼날을 피하며 카운터로 창을 찔렀다.

"와아아아!"

"오오오!"

10만 중국 관중들이 경악을 금치 못했다.

망트는 근거리와 원거리에서 모두 싸움에 능한 위험한 괴물이었다.

그런 망트 5마리에게 둘러싸였는데, 도망치지도 않고 제자리에서 모조리 처치해 버린 것이다.

삽시간에 망트 5마리를 정리해 버린 신기에 중국 측의 중계진도 놀라움을 표했다.


—전혀 위험하지가 않았네요! 정말 엄청난 창술입니다. 창과 방패를 한 몸처럼 씁니다! 명불허전의 서문엽! 혼자 남아서 사냥하는 이유가 있었네요!

—대인전도 잘하지만 괴물 사냥이야말로 전쟁 시절을 겪었던 서문엽 선수의 전문 분야 아니겠습니까? 망트들이 벌써 씨가 마릅니다!


해당 지역에 출몰하는 망트들은 서문엽의 밥이었다.

기어코 혼자서 망트를 다 잡아버린 서문엽은 온몸이 푸른색을 넘어 보랏빛 광채를 띠기 시작했다.

푸른색—보라색—붉은색—검은색—흰색 중 2단계로 진입한 것이다.

현재 던전에서 가장 빠른 사냥 포인트 득점이었다.

서문엽이 다음 사냥터로 이동했다.

이번에도 중국 측에게 가까이 접근하지는 않고, 주변의 다음 지역에서 사냥을 개시했다.

그곳은 사령거미가 서식하는 지역이었다.

좀비를 부리는 사령거미는 중간 보스 몹에 준한 괴물로 평가되는데, 그런 사령거미가 서식하는 곳이니 얼마나 위험한 지역인지는 두말할 필요도 없었다.

그러나 이번에도 서문엽만 사냥하고, 나머지는 정찰을 계속했다.

그들 3인도 움직이면서 만나는 괴물을 사냥하긴 했지만, 정찰에 더 신경 쓰느라 사냥 포인트는 많이 못 벌고 있었다.

　

—정찰에 집착하고 있는 한국 선수들인데요, 저기까지 침투하고서는 견제도 시도하지 않고 경계만 하고 있는 이유가 뭘까요?

—그것은 월드 챔피언스리그 일정을 치르고 있는 베를린 블리츠를 봐도 알 수 있습니다. 우리에게 슈란 선수가 있기

때문이죠. 슈란 선수가 있으면 상대 팀이 견제를 못 들어와요.

―아, 물론 그렇죠. 상대방의 견제를 막는 일은 원거리 딜러가 잘하는 역할인데, 슈란 선수는 최고의 원거리 딜러니까요. 하지만 그랬으면 애당초 견제를 하러 저기까지 침투하지도 않았을 텐데요? 저렇게 3명이 경계를 서니 우리 중국의 사냥감을 빼앗아봐야 손해가 더 크고요.

―저것은 아마도 슈란 선수의 초능력 중 하나인 '위치 파악' 때문이 아닐까요? 위치 파악의 타깃을 누구로 잡고 있는지 서문엽 선수도 알고 싶어 하기 때문에 중국 측의 동태를 살피는 것 같습니다.

―아, 그렇겠네요. 만약 위치 파악 타깃에 걸려 있으면, 견제하러 들어간 순간 바로 소멸 광선에 없어질 테니까요.

―서문엽을 비롯한 한국 선수 4인이 계속 인근을 돌며 사냥하고 있지만 중국 측은 반응하지 않습니다. 모르는 것인지, 알면서도 모른 척 놔두는 것인지는 중국 선수들만 알겠죠.

―예, 하지만 이제 슬슬 어느 쪽이든 새로운 움직임을 취할 거라고 생각됩니다.


그 말이 맞았다.

서문엽은 중국 측이 아무런 반응이 없자 의구심이 들었다.

'피에트로를 타깃으로 지정한 건가? 그래서 모르는 거야?

아니면 그렇게 착각하도록 모른 척하는 거야?'

계속 고민만 해봐야 답은 나오지 않는다.

서문엽은 나직이 지시를 내렸다.

"조승호, 적을 볼 수 있는 위치까지 잠입해 봐."

—그거 결국 하는 건가요?

조승호가 별로 내키지 않는 목소리로 물었다.

—5번 중 2번 성공한 건데.

"여차하면 백하연과 이나연이 도와줄 거니까 걱정 말고."

—거짓말 마요. 절 버리고 도망갈 거 다 알아요.

조승호의 지적에 서문엽은 뜨끔했다.

"똑똑한 새끼네. 알아도 얼른 기어가라, 새꺄."

두 사람의 대화를 들은 한국 선수들의 웃음소리가 연이어 들렸다.

조승호는 뭐라고 구시렁거리더니, 납작 엎드린 채 포복 전진을 하기 시작했다.

그것은 바로 괴물들에게 마주치지 않고 중국 선수들에게 가까이 접근하기 위함이었다.

괴물과 맞닥뜨려서 싸우게 되면 중국 선수들이 알아차리기 때문에 위험해진다. 그래서 서문엽이 직접 안 가고 버려도 되는 조승호를 보낸 것이다.

거기다가 포복 전진하는 모습이 썩 보기 좋은 것도 아니어서 조승호는 계속 구시렁거렸다.

─난 왜 만날 이런 역할이야. 선수는 왜 하겠다고 했다가 이런 꼴을 당하는지……

"그 덕에 택배 차량 대신 페라리 몰잖아, 이 자식아."

─그때도 페라리 살 수입은 됐거든요? 택배의 왕자라고 불렸다고요.

"그래, 너 잘났다. 희한하게 배틀필드 빼고 다 잘해요, 저놈은."

다양한 초능력을 갖고 있어서 호화 빌라를 지어준 건설 업체에도 스카우트 제의를 받은 조승호였다.

사냥을 하고 있던 한국 선수들은 두 사람의 코미디 같은 대화에 웃음을 그치지 못했다.

말로는 계속 투덜거리지만, 숨어 다니는 내공이 상당한 조승호는 중국 측이 내려다보이는 지형까지 무사히 접근하는 데 성공했다.

만에 하나의 상황을 대비해 백하연과 이나연이 거리를 두고 따르고 있었지만, 괴물들에게 단 한 번도 들키지 않은 조승호였다.

─다 왔어요.

"시야 전달해 봐."

─네.

조승호는 중국 선수들을 내려다보며, 눈에 보이는 장면을 서문엽에게 전달했다.

—시야 전달: 눈에 보이는 풍경을 3㎞ 이내에 있는 면식 있는 타인과 공유한다.


오직 조승호만 가지고 있는 독특한 초능력.

서문엽은 멀리 떨어져 있음에도 중국 선수들 5인이 사냥하는 모습을 확인할 수 있었다.

"다섯 명? 5—6 체제인가?"

—그런 것 같아요. 우리가 견제를 올 것은 알긴 아는 태세인데요.

보통은 4—3—3 등으로 세 조로 나뉘어서 사냥하는 것이 일반적이었다.

5—6은 인원이 많으니 적의 견제에 대응할 때 좋지만, 사냥 효율은 떨어진다.

"일단 반응을 더 봐야지."

서문엽은 사냥을 마무리한 뒤, 창을 한 자루 꺼내 들었다.

그리고 조승호가 공유해 주는 시야를 바탕으로 중국 선수를 향해 조준했다.

이는 몇 번 선보여서 세계를 놀라게 한 바가 있었던 초장거리 투창이었다.

'연습했던 지형이 아니라서 좀 빡세긴 한데.'

하지만 서문엽도 믿는 구석이 있었다.

'증폭, 기술에.'

기술을 증폭시켜서 무려 111로 올린 것이다.

"흐랏!"

서문엽은 창을 있는 힘껏 던졌다.

기술 111의 위력이 집약된 투창!

높이 날아간 창은 포물선을 그리며 중국 진영에 떨어지기 시작했다.

중간에 궤도가 휘어지며 장애물들을 절묘하게 피해간 창은 그대로 중국의 근접 딜러 한 명을 처치했다.

푸욱!

"크억!"


―서문엽, 1킬.


서문엽이 견제의 포문을 연 순간이었다.


\*　　　　　\*　　　　　\*


경기장이 정적에 휩싸였다.

맞지 않길 바랐는데, 서문엽은 기어코 저 먼 거리에서 창을 던져 보이지도 않는 중국 선수를 맞혀 버렸다.

—아아! 웨이보 선수 피하지 못했습니다. 창이 날아오고 있는 걸 봤더라면 피했을 텐데, 하늘에서 창이 떨어질 줄을 누가 알았겠습니까?

—가까이 접근해서 염탐하고 있는 저 서포터 선수가 시야를 공유해 주는 초능력을 서문엽 선수에게 썼습니다. 그렇다고는 해도, 남의 눈을 통해 저 먼 거리에서 투창에 성공하다니, 정말 적이지만 인정하지 않을 수가 없습니다. 세계 최고의 선수입니다.

—예. 저 서포터는 조승호 선수인데 같은 프로 팀 소속이라 저런 장면을 몇 번 만들어냈던 것으로 알고 있습니다.

중국 선수들은 그제야 화들짝 놀라서 주변을 경계했다.

서문엽은 계속해서 초장거리 투창을 시도했다.

한 번 더 창이 날아오자, 중국 측은 언제 또 창이 날아올지 몰라 신경 쓰느라 사냥이 원활하지 않았다.

심지어 창이 날아오는 궤적이 괴이하게 꺾였기 때문에, 서문엽이 어느 방향에서 던진 것인지조차 알기가 어려웠다.

조승호를 통해 중국 측의 반응을 본 서문엽은 씨익 웃었다.

"위치 파악 타깃은 피에트로였네."

—이제 전 어떡할까요? 저 여기 있는 거 곧 들킬 것 같은데요.

"응, 이제 피신해. 파악은 끝났어."

슈란의 위치 파악 타깃이 피에트로라는 것을 안 이상, 서문엽은 자유롭게 날뛸 수 있었다.

*　　　*　　　*

눈을 감고 있던 슈란이 입을 열었다.

"서문엽이 움직이고 있어. 그쪽으로 접근 중이야."

—이제야 속았군. 제길, 서문엽을 유인하기 위해 너무 큰 대가를 치렀어.

—어쩔 수 없잖아? 설마 거기서 창을 던질 줄은 정말로 몰랐으니까.

—이자를 2배로 쳐서 받아내야 한다. 슈란, 부탁한다.

중국 대표 팀의 주장 저우린의 당부에 슈란은 대꾸했다.

"알았어요."

주변을 얼씬대는 서문엽을 모른 체하느라 값을 크게 치렀다. 이제 그 대가를 받아내야 할 차례였다.

*　　　*　　　*

서문엽 일행이 중국 선수들에게 접근했을 때였다.

별안간 조승호가 소리쳤다.

—슈란이 움직여요!

"뭐? 어디로?"

―글쎄요. 눈에 보이는 게 아니어서 그것까지는 잘…….

물체 전달 초능력을 응용해서 적의 위치를 파악하는 조승호. 그러나 이것은 꼼수일 뿐, 위치 파악 초능력이 아니기 때문에 제한이 많았다.

―내가 확인할게!

백하연이 말했다.

서문엽은 잠시 멈추고 슈란의 행방이 드러날 때까지 기다렸다.

잠시 후.

―이쪽이다! 퇴로를 막으려 하고 있어!

백하연이 소리쳤다.

그뿐만이 아니라 이나연도 보고를 해왔다.

―다른 쪽 조도 움직이고 있어요!

"몰이사냥이군."

서문엽이 중얼거렸다.

아무래도 중국의 속임수였던 것 같았다.

서문엽 일행이 접근하자 기다렸다는 듯이 일제히 몰이사냥에 나서는 중국 팀의 움직임.

이는 슈란의 위치 파악 타깃이 피에트로가 아니라 바로 서문엽이었음을 시사했다.

끝까지 움직이지 않고 참고 있었던 것은, 결국 서문엽을 반드시 잡겠다는 의지가 담겨 있었다.

"일단 튀자!"

—저는요?

계속 숨어 있는 조승호가 물었다.

"넌 계속 거기 있어."

도망쳐 봐야 금방 잡힐 위치에 있는 조승호는 차라리 제자리에서 계속 숨어 있는 편이 나았다.

—결국 버림받았다…….

조승호의 넋두리에 웃음이 나올 법도 했지만, 상황이 긴박했기에 한국 대표 팀은 긴장 상태였다.

서문엽이 방향을 돌려 달아나기 시작했고, 이나연과 백하연도 도주했다.

"넷티! 넌 어차피 이 상황에서는 도움 안 되니까 휘말리지 말고 잽싸게 벗어나라."

"넹!"

대답을 한 이나연은 서서히 속력을 높여서 두 사람보다 앞서 나가기 시작했다.

파앗! 팟! 팟!

100의 속도에 점프까지 더해져서 삽시간에 멀찍이 달아나 버리는 이나연.

생각보다 더 빠른 줄행랑에 서문엽은 깜짝 놀랐다.

"쟤 왜 저렇게 빨라?"

─저 지금껏 해왔던 게 스틸이랑 도주밖에 없잖아요.

속도는 서문엽이 알던 대로 100.

점프도 그사이에 더 위력이 강화되고 자시고 할 게 없었다.

그만큼 더 이상의 발전 가능성은 없는 이나연의 한계라고 생각했다.

그런데 저 도주 속도는 상상 초월이었다.

'점프로 지형지물을 타고 넘는 요령이 늘었구나.'

서문엽은 이나연의 발전된 모습을 보며 비결을 깨달았다.

'저 정도라면 적에게 포위당해도 잘만 빠져나갈 것 같은데?'

서문엽의 마음속에서 이나연의 역량이 상향 조정되었다.

그렇다면 얘기가 달라진다.

"넷티야! 너 혼자 내빼지 말고 중국 놈들 어디 있는지 수시로 파악해! 특히 슈란!"

─넹!

슈란이 소멸 광선 쏘는 요령이 아무리 늘었어도, 저렇게 빠른 이나연을 맞히지는 못할 터였다.

"백하연은 나를 돕다가 적당히 빠져나가."

"응!"

백하연도 95의 속도와 순간 이동을 갖춘 도주의 스페셜리스트였다. 중거리에서 채찍으로 적을 상대하다가 내빼는 정도는 쉬운 일이었다.

"중국 애들도 상당히 빠르니까 방심하지 말고 안전거리 유지해."

"알았어."

문제는 서문엽이었다.

속도는 많이 올랐지만 그래도 상대를 너끈히 따돌릴 수준은 못 되는 80.

다른 탱커보다는 무장이 가벼운 편이지만, 그래도 탱커였기 때문에 다른 포지션보다 입고 있는 장비도 무거웠다.

중국은 어차피 이나연이나 백하연을 잡을 수 있다고는 처음부터 생각 안 했을 것이다.

목표는 오직 서문엽.

서문엽의 속도를 계산해서 몰아넣을 준비를 사전에 철저히 해왔던 것이다.

승부의 쟁점이 누구를 슈란의 위치 파악 타깃으로 삼느냐에 달렸다는 것을 중국도 알고 준비해 왔던 것.

'뭐, 좋아. 이런 위험한 상황을 한 번도 안 겪을 거라고는 생각 안 했어.'

서문엽은 지금의 상황이 1세트의 승부처라고 판단했다.

발이 느린 탱커 한둘을 제외하고 중국 선수 전원이 나선만큼, 서문엽이 무사히 도망친다면 오히려 중국 측의 손해였다.

선수 전원이 사냥을 못 하고 서문엽을 쫓아다닌 기회비용이 적지 않은 것이다.

초반이다 보니, 그 정도의 피해도 눈덩이처럼 굴러가 점점 크게 작용될 터였다.

서문엽은 도주 방향을 북쪽으로 틀었다.

한국 팀 진영은 서쪽에 있었는데, 서쪽으로 가는 길목을 슈란 일행이 먼저 도달할 것 같았기 때문에 방향을 돌린 것이다.

이참에 서문엽도 최대한 오래 도망 다니며 중국 선수들을 계속 끌고 다닐 속셈이었다.

"채우현."

—예.

서문엽의 부름에 한국 대표 팀 주장 채우현이 대답했다.

"잘 들어. 내가 최대한 중국 애들 끌고 다니면서 시간 끌 거야. 너희도 서서히 동쪽으로 와."

—그럼 한 타 싸움으로 번질 수 있는데요?

중국 측은 서문엽에게 1킬 당하고서 10명.

그러나 서문엽이 결국 잡히고 나서, 중국이 여세를 몰아 그대로 한 타 싸움을 들이받으면 한국 팀이 위험해질 수 있었다.

"나 절대 안 죽어. 아슬아슬하게 합류할 거니까 준비하고 있어."

—예, 사냥 루트를 동쪽으로 잡겠습니다.

그때였다.

―가까이 왔어!

백하연이 소리쳐 경고했다.

과연 발 빠른 중국 선수들답게 벌써 가까이까지 따라잡은 것이다.

도망치는 중에 슬쩍 뒤돌아 확인하니, 인원은 5명.

'탱커 1명, 근접 딜러 3명, 원거리 딜러 1명.'

잠깐 훑어봤음에도 서문엽은 순식간에 적의 포지션을 모조리 파악했다.

탱커가 느린지 가장 뒤에서 쫓아오고 있었고, 근접 딜러들이 앞장서고 있었다.

3명 다 육합대창을 들고 있었는데, 중국의 근접 딜러들 상당수가 이 육합대창을 들고 있었다. 긴 무기로 통일성을 주어서 전술성을 높이려는 목적이었다. 확실히 효과도 있었고 말이다.

초인들이 쓰는 육합대창은 나무 재질이 아니었다.

강철처럼 단단하면서도 잘 휘어지기도 하는 특수합금으로 이루어져 있었다.

그만큼 무거워졌지만 초인들에게는 문제가 되지 않았다.

그중 한 명이 빠른 속도로 달리기 시작했다.

동료들을 제쳐놓고 돌출되어 나온 근접 딜러는 점점 서문엽과의 거리를 줄였다.

—대상: 저우린(인간)

—근력 75/75

—민첩성 90/90

—속도 92/92

—지구력 76/76

—정신력 91/95

—기술 94/97

—오러 86/86

—초능력: 투명화, 체력 회복

—투명화: 10초간 투명해진다. 다른 사물과 접촉 시 해제된다.

—체력 회복: 오러를 태워 지친 체력을 일시에 회복한다.


분석안으로 흘깃 본 서문엽은 놀랐다.

'저 녀석이 저우린이구나.'

당연히 사전에 관련 자료를 읽고 파악한 상대였다.

저우린은 중국 대표 팀의 주장으로, 창술의 명인으로 이름 높았다.

현재 나이는 35세로 89년생인데, 지저 전쟁 말엽에 14세의 나이로 던전 공략에도 참여했을 정도였다.

그만큼 어려서부터 창술을 피땀 흘려 수련했는데, 서문엽 때문에 전쟁이 종결되는 바람에 모두 허사가 될 뻔했다.

그러나 배틀필드가 프랑스에서 처음 출범했을 때, 저우린은 프랑스로 건너가 선수 생활을 시작했다.

그의 재능을 알아본 수많은 클럽들이 러브콜을 보냈지만, 저우린은 중국에도 배틀필드 프로리그가 생기자 귀국해 버렸다.

그 뒤로 중국에서 선수 생활을 꾸준히 해오면서 중국 배틀필드를 대표하는 선수가 되었다.

그런 저우린이 자신의 빠른 발을 이용해 급속도로 서문엽을 쫓아온 것이다.

자칫 일대일이 될 수도 있는 상황이지만, 저우린은 겁먹지 않고 거침없이 돌격했다.

자신에게 반격하기 위해 서문엽이 잠시라도 멈춰 서면 추격은 성공이기 때문이다.

'따돌리긴 무리겠는데.'

서문엽은 오른손에 창을 꼬나 쥐었다. 아무래도 싸우기 해야 할 듯싶었다.

한 방에 처치해 버리고 다시 도망을 계속하면 그게 최상의 시나리오지만, 저우린이 그리 만만한 상대로 보이지 않았다.

그래도 한번 시도라도 해보기로 했다.

어차피 이대로는 저우린에게 따라잡혀 등에 육합대창이 꽂힐 판이었다.

'증폭, 기술에.'

서문엽은 저우린을 한 방에 처치하기 위해 기술을 111로
만들었다.

그리고 가만히 타이밍을 쟀다.

가까이 접근한 저우린이 육합대창을 찌르는 순간이었다.

"찻!"

서문엽도 재빨리 멈추고 180도 턴을 했다.

텅!

방패가 육합대창을 튕겨냈다.

그리고 동시에 서문엽의 창이 저우린에게 향해 쏘아졌다.

"헙!"

저우린은 거의 주저앉다시피 자세를 낮추고는 육합대창을
끌어당기며 창을 쳐냈다.

창끼리 충돌하는 순간.

서문엽의 뇌리로 개인 훈련장에서 끊임없이 했던 오러 수련
이 스쳤다.

그때의 각고의 수련을 기억하고 있던 몸이 저절로 움직였
다.

창끝에 실린 오러로 동그라미를 그렸다.

서문엽의 창이 육합대창을 휘감듯이 기묘한 움직임을 보였
다.

그러자 저우린은 깜짝 놀랐다.

자신의 육합대창이 빨려들어 가는 듯한 느낌을 받았기 때

문이다.

실제로도 저우린의 체내에 있던 오러가 순간적으로 서문엽이 그린 원을 향해 쏠리는 듯한 흡입력이 느껴졌다.

끌려지듯이 저우린의 상체가 앞으로 쏠렸다.

그 틈을 놓치지 않고.

쐐액!

서문엽이 저우린의 가슴을 노리고 창을 찔렀다.

"헉!"

저우린은 경악하며, 반사적으로 왼쪽으로 몸을 날렸다.

콰지직!

아슬아슬하게 창이 저우린의 흉갑을 찢었다.

놀라운 반사 신경으로 구사일생한 저우린은 육합대창을 왼손으로 쥐고서 방어 태세에 나섰다.

'방금 뭐였지?'

'어라? 방금 뭐였지?'

저우린과 서문엽은 동시에 똑같은 생각을 했다.

특히 서문엽은 본인이 펼쳐놓고도 놀라워했다.

'방금 그건 내가 계속 연습했던 동그라미 그리기잖아?'

손가락 대신 창으로 그렸지만 똑같은 요령으로 했다.

서문엽의 머리가 행한 판단이 아니었다.

순간 몸이 반사적으로 펼친 테크닉이었다.

기술이 111로 증폭된 덕에 튀어나온 모양이었다.

'죽일 수 있었는데 조금 모자랐네.'

서문엽은 아까워서 침음했다.

저우린이라는 이 선수는 확실히 중국 팀의 주장이자 창술의 대가로 불릴 자격이 있었다.

서문엽이 순간적인 반전으로 가까이 붙었는데도, 3m나 되는 육합대창을 회수하며 잘 대응했다.

오랫동안 수련한 내공이 느껴지는 공방이었다.

아무튼 저우린을 멈춰 세웠으니, 서문엽은 다시 뒤돌아 달아나기 시작했다.

놀란 정신을 추스른 저우린도 다시 추격했다.

저우린이 따라잡아서 찌르기를 할 때마다, 서문엽은 방패나 창을 뒤로 휘둘러서 쳐냈다.

도망치면서도 자신의 공격을 막아내는 서문엽의 대응에 저우린도 놀랐다.

'아까의 기묘한 창술로 그랬지만, 정말 대단하구나.'

고수였다.

아니, 아까 자신을 한 방에 죽일 뻔했던 공격은 가히 대가(大家)라 불릴 만했다.

어린 시절부터 귀 따갑게 들었던 우상 서문엽의 명성을 직접 확인하게 되어서 영광이었다.

그래서 호승심이 들었다.

'제대로 싸우고 싶다!'

그러기 위해서는 더 이상 도망치지 못하도록 붙들어야 했다.

스륵.

저우린은 자신의 초능력 투명화를 사용했다.

그의 전신이 투명해졌다.

들고 있던 육합대창 역시 투명해졌다.

그러자 서문엽도 더 이상 도망치면서 방어할 수 없게 되었다.

안 보이니 어디서 공격이 날아올지도 모르는 것이었다.

온 정신을 집중하지 않으면 낭패를 볼 수 있었다.

서문엽은 드디어 달리기를 멈추고 뒤돌았다.

투명해진 저우린이지만 발자국이나 발소리까지 사라진 것은 아니었다.

발소리를 통해 서문엽은 저우린의 보폭을 파악했다.

그리고 그 정도 보폭이면 어떤 자세로 어떻게 찌르기를 펼치는 것이 합당한지도 파악했다.

서문엽은 온몸을 웅크린 채 방패를 들이밀었다.

작은 원형 방패가 전신을 다 커버한 완벽한 디펜스였다.

터어엉!

육합대창이 방패와 충돌했다.

저우린의 모습이 드러났다.

"오냐, 그래. 한번 붙어보자!"

계속 도망쳐 봐야 체력 회복 초능력도 있는 저우린을 따돌릴 수 없다고 판단한 서문엽은 싸우기로 했다.

다른 중국 선수들도 속속 합류하면서 서문엽은 고립무원이 되려고 했다.

『초인의 게임』 7권에 계속…

# 초대형 24시 만화방

신간 100%, 샤워실, 흡연실, 수면실(침대석), 커플석, 세탁기 완비

## ■ 광명 광명사거리역점 ■

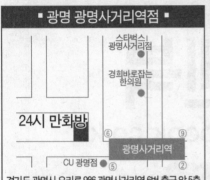

경기도 광명시 오리로 986 광명사거리역 6번 출구 앞 5층
02) 2625-9940 (솔목타워 5층)

## ■ 강북 노원역점 ■

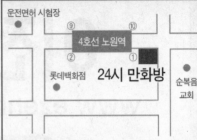

서울 노원구 상계동 340-6 노원역 1번 출구 앞 3층
02) 951-8324 (화용빌딩 3층)

## ■ 일산 정발산역점 ■

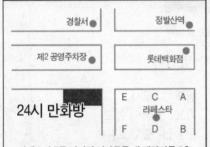

라페스타 E동 건너편 먹자골목 내 객잔건물 5층
031) 914-1957

## ■ 일산 화정역점 ■

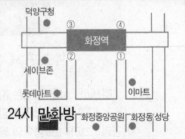

경기도 고양시 덕양구 화정동 984번지 서일빌딩 7층
031) 979-4874 (서일사우나 건물 7층)

## ■ 부천 역곡역점 ■

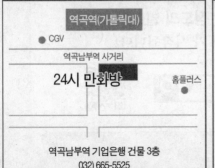

역곡남부역 기업은행 건물 3층
032) 665-5525

## ■ 부평역점 ■

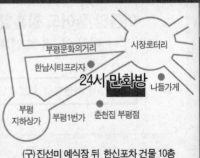

(구) 진선미 예식장 뒤 한신포차 건물 10층
032) 522-2871